U0791209

快乐读书 爱上语文

彩绘版 无障碍阅读

古希腊神话与传说

〔德〕施瓦布／著
文晓会／编译

天津出版传媒集团
百花文艺出版社

图书在版编目（CIP）数据

古希腊神话与传说 /（德）施瓦布著；文晓会编译
. -- 天津：百花文艺出版社，2015.8 (2024.4 重印)
ISBN 978-7-5306-6803-0

Ⅰ. ①古… Ⅱ. ①施… ②文… Ⅲ. ①神话-作品集
-古希腊 Ⅳ. ①I545.73

中国版本图书馆 CIP 数据核字(2015)第 187019 号

古希腊神话与传说
GUXILA SHENHUA YU CHUANSHUO
〔德〕施瓦布 著　文晓会 编译

出 版 人：薛印胜
责任编辑：张　雪
装帧设计：文贤阁
封面设计：宋双成
出版发行：百花文艺出版社
地址：天津市和平区西康路 35 号　邮编：300051
电话传真：+86-22-23332651（发行部）
+86-22-23332656（总编室）
+86-22-23332478（邮购部）
网址：http://www.baihuawenyi.com
印刷：天津泰宇印务有限公司
开本：710 毫米×1000 毫米　1/16
字数：143 千字
印张：12
版次：2015 年 8 月第 1 版
印次：2024 年 4 月第 3 次印刷
定价：29.80 元

如有印装质量问题，请与天津泰宇印务有限公司联系调换
地址：天津市宝坻区马家店工业区建铨道 3 号
电话：(022)59219088　邮编：301801

版权所有　侵权必究

名人推荐

■ 谢冕

1932年生，福建福州人，著名文艺评论家、诗人、作家，北京大学教授、博士研究生导师。曾任北京大学中国语言文学研究所所长，中国新诗研究所所长，《新诗评论》主编。现任中国作家协会全国委员会名誉委员，北京市作家协会名誉副主席，中国当代文学研究会副会长等。1980年他筹办并主持了全国唯一的诗歌理论刊物《诗探索》，并任该刊主编。同时，谢冕参与了北京大学中国当代文学学科建设，建立了该科第一个博士点，他也成为该校第一位指导当代文学的博士生导师。

著有《文学的绿色革命》《中国现代诗人论》《新世纪的太阳》《论二十世纪中国文学》《1898：百年忧患》等专著十余种，另有散文随笔《世纪留言》《流向远方的水》《永远的校园》等。主编《中国百年文学经典文库》（10卷）、《百年中国文学经典》（8卷）等。

推荐寄语

读书是一种接受前人智慧的方式。因为读书，文化得以传承和发扬。读书不仅于个人有益，也于社会发展和人类进步有益。

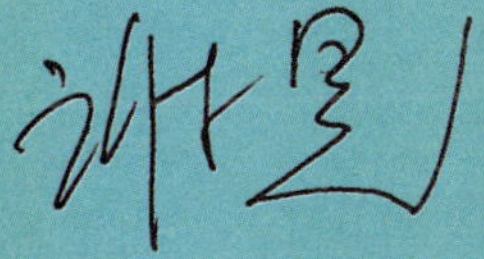

张梦阳 作家、学者，中国社会科学院文学研究所研究员，中国鲁迅研究会副会长。著有《鲁迅杂文研究六十年》（浙江文艺出版社 1986 年出版）、《阿 Q 新论——阿 Q 与世界文学中的精神典型问题》（陕西人民教育出版社 1996 年出版）、《鲁迅对中国人的思维批判》（东方出版社 2011 年出版）等。作品曾获中国社会科学院优秀科研成果奖，其鲁迅研究书系获 1997 年国家图书奖提名奖。

祝晓风 中国社会科学院文学研究所编审，中华文学史料学学会近现代史料学分会副会长，南开大学教授，文学博士。曾任光明日报社主任编辑，《中华读书报》编辑部主任，中国社会科学杂志社编审、编辑中心主任，《中国社会科学报》第一届编委，《中国社会科学报》常务副主任。著有《读书无新闻》（东方出版社 2006 年出版）、《有声与无声之间》（中国社会科学出版社 2011 年出版）等。

刘培 山东大学文史哲编辑部教授、博士生导师，文学博士。2002 ~ 2004 年在南京师范大学博士后流动站工作。2009 年入选教育部新世纪优秀人才支持计划。著有《北宋辞赋研究》（山东人民出版社 2009 年出版）。在《文学评论》《文学遗产》《文艺研究》《北京大学学报》《南开学报》《四川大学学报》《江海学刊》等学术期刊发表论文 50 余篇。

杜语 线装书局出版中心副主任、第一编辑室主任、副编审、历史学博士。于 2009 ~ 2010 年在美国克莱姆森大学中国研究中心做访问学者。著有《开埠史话》（社会科学文献出版社 2000 年出版）、《英雄论英雄》（中国城市出版社 2003 年出版）、《挑战千年变局》（中国社会科学出版社 2010 年出版）等。在《中国社会科学院研究生院学报》《中国教育报》《中国农民报》《中国改革报》《人民论坛》等报刊发表论文、通讯、高层访谈等数十篇。

杨东林 文学博士，深圳大学文学院党委书记、中文系副教授。主要从事中国古代文学和古代文论方面的教学研究，在《文学评论》《文史哲》等刊物发表学术论文多篇。

郭灿金 历史作家，文学博士，河南大学副编审。著有《中国人最易误解的文史常识》（中国书籍出版社 2006 年出版）、《大唐盛世最有争议的 30 个人》（中国书籍出版社 2008 年出版）、《郭灿金读史》（长江出版集团 2009 年出版）、《史记（注译）》（中州古籍出版社 2010 年出版）等。其中，《趣读史记》系列 2007 年多次进入新浪畅销书排行榜前十名；《中国人最易误解的文史常识》曾获由中国书刊发行业协会主办的“2007 年度全行业优秀畅销品种”称号。

宋永健 北京市海淀区语文骨干教师，首都师范大学第二附属中学教师。致力于中、高考研究和教育科学研究工作，所写教学案例、教学设计多次荣获市、区级奖励。

高凤香 陕西省杨凌中学高级语文教师，杨凌作家协会副主席，《杨凌文苑》杂志副主编。著有《新课程下创新教学探析》（万卷出版公司 2013 年出版）、《温一壶月光》（敦煌文艺出版社 2013 年出版）等。

XU YAN 序言

苏联教育家苏霍姆林斯基曾说过："让孩子变聪明的方法，不是补课，不是增加作业量，而是阅读，阅读，再阅读。"

如果说文化是人类的一份精神遗产，那么阅读就是开启这份遗产的金钥匙。在这种美好的感情和这块灿烂的文明沃土上，优秀的文学名著传达着人类对生命、对历史、对未来的憧憬和思考，其闪耀的智慧穿越古今中外，经过岁月的磨砺，升华成今天的经典。阅读美好的有价值的文学名著，是了解社会、认知自我的有效途径。

让我们一起阅读《论语》《诗经》，阅读《红楼梦》，阅读《雾都孤儿》，阅读《安徒生童话》……日不间断，我们也许会因为书中一段华丽的诗句而激扬，也许会为某个主人公的坎坷遭遇而落泪……任思绪随着书中动人的故事飘飞。阅读的过程就是励志、炼心、启智的过程。水滴石穿，绳锯木断。天长日久，积累的是知识，培养的是情感，塑造的是品格，净化的是灵魂……

本套书考虑各年龄段读者诵读古诗文、现代文学作品，以及外国文学作品等的阅读习惯，设置了知识链接、专家解疑、智慧引路、名家导读、哲理名言、名师点拨、好词好句、阅读思考、名家品评、重点测试等栏目。全套书图文并茂，精美的彩色插图，令经典的情节完美呈现，让读者在阅读文字的同时，感受具体的情景描述，增加阅读的乐趣。

畅读经典文学名著，启迪智慧，唤醒心灵

知识链接

作品速览

《古希腊神话与传说》是18世纪德国著名文学家、诗人古斯塔夫·施瓦布的一部以神话故事为题材的作品。这本书讲述了以宙斯为首的古希腊众神的神话故事和一些英雄传说，表达了古希腊人与大自然进行较量的决心，表现了古代人类对于强大的自然现象的想象力，是对自然秩序的认识和自我秩序构建的伟大设想，也表达了古希腊人对顽强、勇敢的古希腊英雄的崇拜和敬重，反映了古希腊人顽强不屈，与大自然抗争、与自身命运抗争的奋斗精神和顽强意志。

《古希腊神话与传说》是由神话和英雄传说两部分组成。其中，神话故事集中从普罗米修斯创造人类、盗取火种而被宙斯惩罚开始，讲述了法厄同乘坐太阳战车导致天地浩劫、弥达斯国王因为贪婪而自食其果及坦塔罗斯因为对神不敬而被打入地狱遭受三种酷刑等经典故事。英雄传说主要选

·9·

知识链接 全面熟悉文学作品内容，快速掌握相关的文学文化常识。

智慧引路 开启智慧的大门，引领前行，深入思考。

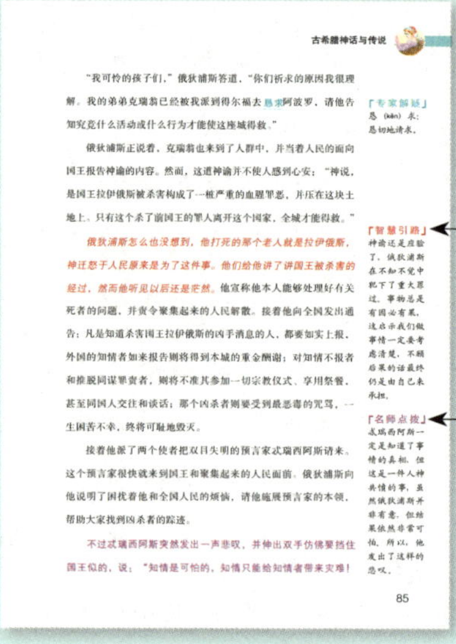
古希腊神话与传说

“我可怜的孩子们，”俄狄浦斯答道，“你们祈求的原因我很理解。我的弟弟克瑞翁已经被我派到得尔福去恳求阿波罗，请他告知究竟什么活动或什么行为才能使这座城得救。”

俄狄浦斯正说着，克瑞翁也来到了人群中，并当着人民的面向国王报告神谕的内容。然而，这道神谕并不使人感到心安：“神说，是国王拉伊俄斯被杀害构成了一桩严重的血腥罪恶，并压在这块土地上。只有这个杀了前国王的罪人离开这个国家，全城才能得救。”

俄狄浦斯怎么也没想到，他打死的那个老人就是拉伊俄斯，神迁怒于人民原来是为了这件事。他们给他讲了讲国王被杀害的经过，然而他听见以后还是茫然。他宣称他本人能够处理好有关死者的问题，并责令聚集起来的人民解散。接着他向全国发出通告：凡是知道杀害国王拉伊俄斯的凶手消息的人，都要如实上报，外国的知情者如来报告则将得到本城的重金酬谢；对知情不报者和推脱同谋罪责者，则将不准其参加一切宗教仪式、享用祭餐，甚至同国人交往和谈话；那个凶杀者则要受到最恶毒的咒骂，一生困苦不幸，终将可耻地毁灭。

接着他派了两个使者把双目失明的预言家忒瑞西阿斯请来。这个预言家很快就来到国王和聚集起来的人民面前。俄狄浦斯向他说明了困扰着他和全国人民的烦恼，请他施展预言家的本领，帮助大家找到凶杀者的踪迹。

不过忒瑞西阿斯突然发出一声悲叹，并伸出双手仿佛要挡住国王似的，说：“知情是可怕的，知情只能给知情者带来灾难！

「专家解疑」恳（kěn）求：恳切地请求。

「智慧引路」神谕还是应验了，俄狄浦斯在不知不觉中犯下了重大罪过。事物总是有因必有果，这启示我们做事情一定要考虑清楚，不顾后果的话最终仍是由自己来承担。

「名师点拨」忒瑞西阿斯一定是知道了事情的真相，但这是一件人神共愤的事，虽然俄狄浦斯并非有意，但结果依然非常可怕，所以，他发出了这样的悲叹。

85

名家导读 名家引路，撷取文章精华，提炼中心思想。

哲理名言 一句名言可以影响人的一生。

名师点拨 优秀名师领航，荟萃知识要点，轻松掌握重点、难点。

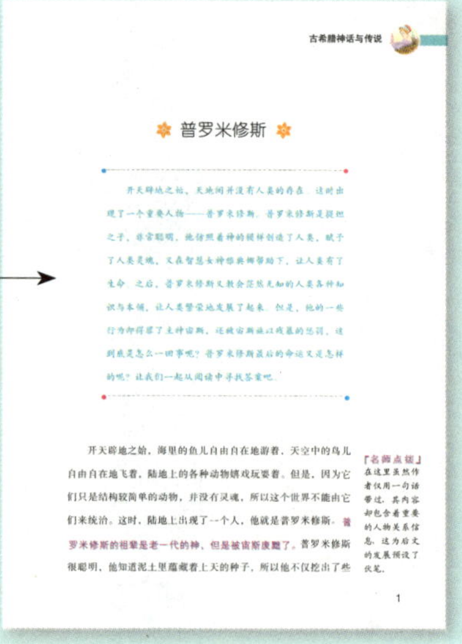
古希腊神话与传说

普罗米修斯

开天辟地之始，天地间并没有人类的存在。这时出现了一个重要人物——普罗米修斯。普罗米修斯是提坦之子，非常聪明，他仿照着神的模样创造了人类，赋予了人类灵魂，又在智慧女神雅典娜帮助下，让人类有了生命。之后，普罗米修斯又教会茫然无知的人类各种知识与本领，让人类繁荣地发展了起来。但是，他的一些行为却得罪了主神宙斯，还被宙斯施以残暴的惩罚。这到底是怎么一回事呢？普罗米修斯最后的命运又是怎样的呢？让我们一起从阅读中寻找答案吧。

开天辟地之始，海里的鱼儿自由自在地游着，天空中的鸟儿自由自在地飞着，陆地上的各种动物嬉戏玩耍着。但是，因为它们只是结构较简单的动物，并没有灵魂，所以这个世界不能由它们来统治。这时，陆地上出现了一个人，他就是普罗米修斯。普罗米修斯的祖辈是老一代的神，但是被宙斯废黜了。普罗米修斯很聪明，他知道泥土里蕴藏着上天的种子，所以他不仅挖出了些

「名师点拨」在这里虽然作者仅用一句话带过，其内容却包含着重要的人物关系信息，这为后文的发展预设了伏笔。

1

专家解疑 专家智慧解答，排难解疑，扫除阅读障碍。

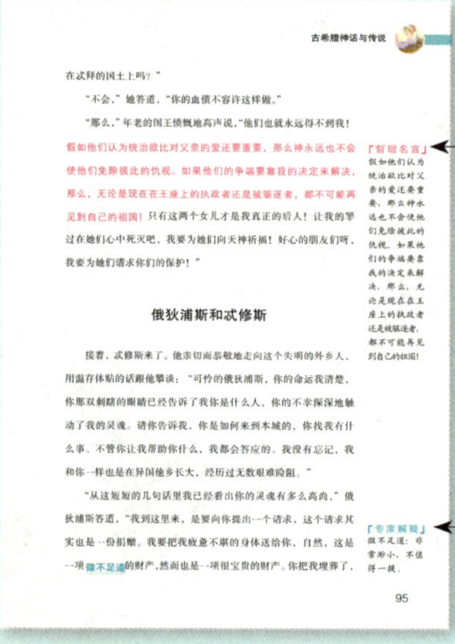
古希腊神话与传说

在忒拜的国土上吗？”

“不会，”她答道，“你的血债不容许这样做。”

“那么，”年老的国王愤慨地高声说，“他们也就永远得不到我！假如他们认为统治欲比对父亲的爱还要重要，那么神永远也不会使他们免除彼此的仇视。如果他们的争端要靠我的决定来解决，那么，无论是现在在王座上的执政者还是被驱逐者，都不可能再见到自己的祖国！只有这两个女儿才是我真正的后人！让我的罪过在她们心中死灭吧，我要为她们向天神祈福！好心的朋友们呀，我要为她们请求你们的保护！”

俄狄浦斯和忒修斯

接着，忒修斯来了。他亲切而恭敬地走向这个失明的外乡人，用温存体贴的话跟他攀谈：“可怜的俄狄浦斯，你的命运我清楚，你那双刺瞎的眼睛已经告诉了我你是什么人，你的不幸深深地触动了我的灵魂。请你告诉我，你是如何来到本城的，你找我有什么事。不管你让我帮助你什么，我都会答应的。我没有忘记，我和你一样也是在异国他乡长大，经历过无数艰难险阻。”

“从这短短的几句话里我已经看出你的灵魂有多么高尚，”俄狄浦斯答道，“我到这里来，是要向你提出一个请求，这个请求其实也是一份捐赠。我要把我疲惫不堪的身体送给你，自然，这是一项微不足道的财产，然而也是一项很宝贵的财产。你把我埋葬了，

「哲理名言」假如他们认为统治欲比对父亲的爱还要重要，那么神永远也不会使他们免除彼此的仇视。如果他们的争端要靠我的决定来解决，那么，无论是现在在王座上的执政者还是被驱逐者，都不可能再见到自己的祖国！

「专家解疑」微不足道：非常渺小，不值得一提。

95

轻松提升语文水平，素质阅读，拓展思维

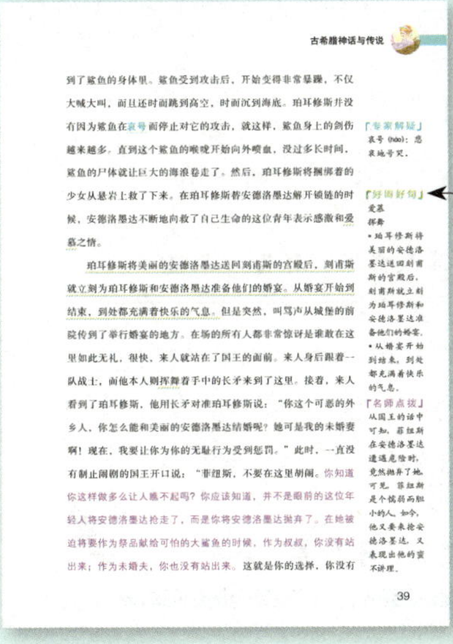

图文并茂

精美的彩色插图，令经典的情节完美呈现，让读者在阅读文字的同时，感受具体的情景描述，增加阅读的乐趣。

好词好句

内涵丰富的好词佳句，一扫平淡，扩大知识面，轻松掌握语文知识中字词句的要义。

阅读思考

根据内容提出探索性问题，强化对文章内容的理解。

重点测试

精选重点内容、核心试题，巩固阅读，考查阅读、分析、思考问题的能力。

名家品评

名家点评，深层解读，全面提升学生理解能力与思悟能力。

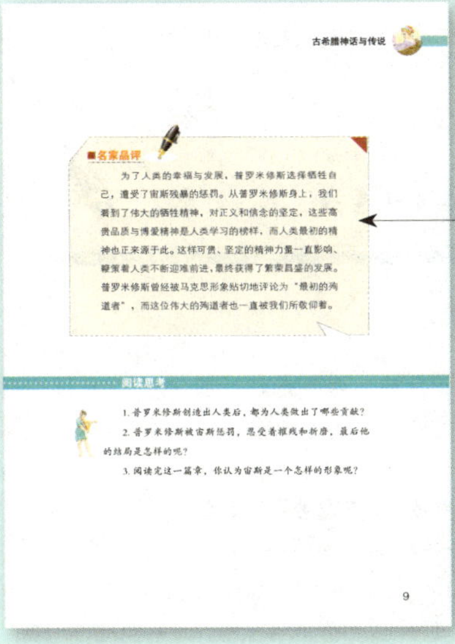

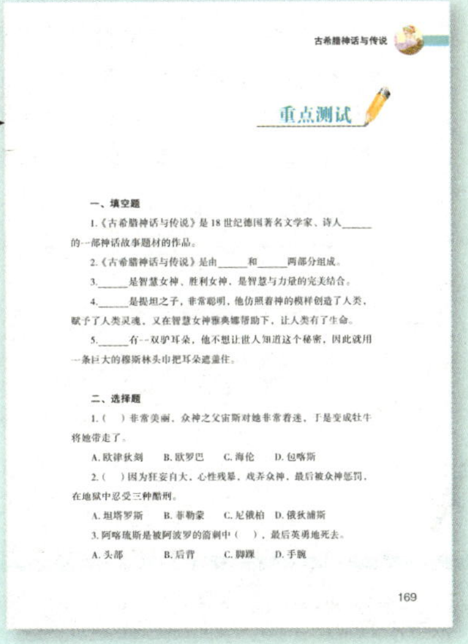

本书文学地位

我们应该把神话和传说留给诗人，他们的使命就是利用这些形式给世上的人们带来欢乐。

——德国著名思想家、作家　歌德

荷马的史诗以及全部神话——这就是希腊人由野蛮时代进入文明时代的主要遗产。

——德国思想家、哲学家、革命家　恩格斯

希腊人竭力以美丽的人体为模范，结果竟奉为偶像，在地上颂之为英雄，在天上敬之如神明。

——法国著名的文艺理论家、史学家　丹纳

全部希腊神话文明的出发点和对象是人，它从人的需要出发，注重人的利益和进步，为了求得人的利益和进步，它同时既探索世界也探索人，通过一方探索另一方，在希腊文明的观念中，人和世界都是一方对另一方的反映，即都是彼此摆在对立面的，相互代写论文映照的镜子。

——瑞士著名古典文化学者　安·邦纳

（古希腊人是）这样一个人文主义者，他崇拜有限和自然，而不是超凡脱俗的崇高理想境界。为此，他不愿使他的神带有令人敬畏的性质，他也根本不去捏造人是恶劣和罪孽造物的概念。

——美国著名文化学学者　伯恩斯、拉尔夫

作品速览

《古希腊神话与传说》是18世纪德国著名文学家、诗人古斯塔夫·施瓦布的一部以神话故事为题材的作品。这本书讲述了以宙斯为首的古希腊众神的神话故事和一些英雄传说，表达了古希腊人与大自然进行较量的决心，表现了古代人类对于强大的自然现象的想象力，是对自然秩序的认识和自我秩序构建的伟大设想，也表达了古希腊人对顽强、勇敢的古希腊英雄的崇拜和敬重，反映了古希腊人顽强不屈，与大自然抗争、与自身命运抗争的奋斗精神和顽强意志。

《古希腊神话与传说》是由神话和英雄传说两部分组成。其中，神话故事集中从普罗米修斯创造人类、盗取火种而被宙斯惩罚开始，讲述了法厄同乘坐太阳战车导致天地浩劫、弥达斯国王因为贪婪而自食其果及坦塔罗斯因为对神不敬而被打入地狱遭受三种酷刑等经典故事。英雄传说主要选取了特洛伊传说中那些伟大的传奇英雄人物的事迹。故事讲述的是特洛伊王子帕里斯拐走了斯巴达的王后海伦，海伦的丈夫斯巴达国王遂联合希腊的其他国王和英雄们一起跨海进攻特洛伊，特洛伊战争由此爆发。战争残酷而激烈，涌现出许多勇敢、强大的英雄。后来，英雄奥德修斯想出了木马计，特洛伊城最终被希腊人攻陷。特洛伊传说中，展现出众多英雄的悲欢故事，充满了传奇色彩，优美而引人深思。

作者简介

古斯塔夫·施瓦布（1792~1850），德国著名的浪漫主义诗人、文学家。他的作品包括《美好的故事和传说集》《德国民间话本》和《古希腊神话与传说》等。他的主要诗集有《博登湖上的骑士》《马尔巴赫的巨人》等。

1792年，古斯塔夫·施瓦布出生在德国斯图加特。父亲是斯图加特王室聘请的一位著名教授。在家人的安排下他进入神学院，开始学习神学、哲学等。

1809年，他进入蒂宾根大学攻读神学和哲学。在此期间，他结识了乌兰德等文学家。

1814年，他从蒂宾根大学毕业，做了一段时间的家庭教师。德国著名的文学家席勒就是他的学生之一。

1815年，他前往德国北部地区考察旅行，并结识了文学家、诗人歌德和霍夫曼等人。他的诗歌也深受歌德的影响，但自成一派。

1817年12月，他被斯图加特高中聘为古典语言学教授，人生开始走向另一条更为辉煌的道路。

1818年，他和一个法学教授的女儿结婚。此后他的诗歌创作和神学研究逐渐进入成熟期。后来他的一些重要诗歌被编成两本诗集《博登湖上的骑士》《马尔巴赫的巨人》，具备很高的文学价值。

1838年，他开始根据已有的资料文献对古典文化书籍进行集中整理，尤其是对希腊和罗马神话进行整理。最终整理成《古希腊神话与传说》等著作。其中《古希腊神话与传说》在德国读者当中产生深远影响。

1845年，他在符腾堡州中学担任校长。这期间他的诗歌创作并未停止，并且功力更加炉火纯青。

1847年，他被授予蒂宾根大学的神学荣誉博士学位，这也是对他在神学研究方面的肯定。

1850年11月，古斯塔夫·施瓦布在斯图加特逝世。

创作背景

古希腊是世界文明古国之一。古希腊人的活动范围主要包括现今的巴尔干半岛南部、小亚细亚西部沿海地区和地中海东部各岛屿。

古希腊人在其生存和发展过程中创造了璀璨多彩的文化，留下了丰富的遗产，神话传说就是其中之一。古代神话的产生历史久远，它乃是处在生产力发展水平低下时期的远古人类借助想象征服自然力的产物。由此，古代神话必然包括神的故事、人与神之间的关系和冲突的故事，即神的故事和英雄传说两个方面。神的故事更明显地反映了古代人类把强大的自然现象形象化的丰富想象力，英雄传说则主要是对具有某种历史性的传奇人物及相关事件的崇拜和理想化，反映了远古人类的生存活动和与自然进行的顽强斗争。古希腊神话也包括了这两方面的内容。

古希腊神话故事的形成时期很早，是远古人类集体创作的结晶。神话起初口口相传，后来见之于书面文字。关于它的最早的传世书面文献当推《荷马史诗》。公元前 3 世纪之后，希腊化时期的亚历山大里亚学者们对古希腊神话的收集和保存做出了巨大的贡献。

古斯塔夫·施瓦布是德国浪漫主义诗人的代表之一，他最著名最有影响的就是这部《古希腊神话与传说》。该书原名《神祇与英雄》，根据各种希腊神话文献加以整理编排，形成了较为完整的体系。全书内容丰富，情节可靠，在古希腊神话故事集中被认为是较好的一部。

主角秀场

● 宙斯

宙斯是古希腊神话中第三代众神之王，奥林匹斯十二神之首，是统治宇宙的至高无上的主神。宙斯是天上、人间、冥界的最高统治者，赫拉的丈夫，雅典娜等神的父亲。宙斯长相肃穆，表情威严；公正，铁面无私；暴躁，凌厉，非常好色。

● 雅典娜

宙斯的女儿。她是智慧女神、胜利女神，是智慧与力量的完美结合。

据说她有宙斯一般的力量，是最聪明的女神。雅典娜聪明而勇敢，坚韧而自信，但是也表现出一定的狡黠性格，战斗中对待敌人不留情面。

● **赫拉**

天后。赫拉是古希腊神话中的天后，在奥林匹斯众神之中地位及权力最高，也是奥林匹斯十二主神之一。赫拉是主神宙斯的姐姐和妻子，主管婚姻和家庭，是妇女的保护神。在特洛伊战争中因为怨恨帕里斯而支持希腊人。赫拉贞洁而贤能，但是嫉妒心极强，心胸狭窄，并且善于煽动他人。

● **阿喀琉斯**

海洋女神忒提斯和英雄珀琉斯的儿子。阿喀琉斯天生神力，是一个半神英雄，希腊联军第一勇士。在特洛伊战争中，阿喀琉斯英勇作战，建立了无数功勋。他的性格天真又固执，对待敌人残暴凶狠，对待朋友温厚善良，他放任自己、不听神的劝告，但很尊重老人，最终被阿波罗射杀。

作品影响

古斯塔夫·施瓦布整理的《古希腊神话与传说》一书，选用资料十分丰富，作者从中精挑细选，广泛论证，并结合当时的语言风格精心翻译，最终写成了这本《古希腊神话与传说》。

《古希腊神话与传说》网罗了众多古希腊神话与英雄传说，这些故事瑰丽奇幻，也将带领我们深入地了解西方文化。

目录

Contents

普罗米修斯 / 1

法厄同 / 10

欧罗巴 / 16

卡德摩斯 / 25

珀耳修斯 / 32

菲勒蒙和包喀斯 / 44

弥达斯国王 / 51

坦塔罗斯 / 57

尼俄柏 / 61

俄耳甫斯和欧律狄刻 / 69

俄狄浦斯的传说 / 76

特洛伊的传说 / 104

普罗米修斯

开天辟地之始，天地间并没有人类的存在。这时出现了一个重要人物——普罗米修斯。普罗米修斯是提坦之子，非常聪明，他仿照着神的模样创造了人类，赋予了人类灵魂，又在智慧女神雅典娜帮助下，让人类有了生命。之后，普罗米修斯又教会茫然无知的人类各种知识与本领，让人类繁荣地发展了起来。但是，他的一些行为却得罪了主神宙斯，还被宙斯施以残暴的惩罚，这到底是怎么一回事呢？普罗米修斯最后的命运又是怎样的呢？让我们一起从阅读中寻找答案吧。

开天辟地之始，海里的鱼儿自由自在地游着，天空中的鸟儿自由自在地飞着，陆地上的各种动物嬉戏玩耍着。但是，因为它们只是结构较简单的动物，并没有灵魂，所以这个世界不能由它们来统治。这时，陆地上出现了一个人，他就是普罗米修斯。普罗米修斯的祖辈是老一代的神，但是被宙斯废黜了。普罗米修斯很聪明，他知道泥土里蕴藏着上天的种子，所以他不仅挖出了些

「名师点拨」在这里虽然作者仅用一句话带过，其内容却包含着重要的人物关系信息，这为后文的发展预设了伏笔。

泥土，还用河水将其和匀，捏了一个和天神模样差不多的人。他从动物的心里取出了善与恶的特性，并将其封存到人的内心，使得他获得了人的灵魂。普罗米修斯的朋友有很多都是天神，雅典娜就是其中之一。因为智慧女神非常喜欢这个提坦之子创造的小泥人，所以将神灵的呼吸吹入了泥人的心中，泥人因此获得了生命。

「好词好句」
繁衍
四处奔走
*他从动物的心里取出了善与恶的特性，并将其封存到人的内心，使得他获得了人的灵魂。

这就是第一代人，然后他们不停地繁衍后代，没过多长时间，世间的各个角落就都有了人类。但是，在很长的一段时间里，他们对自己的四肢和精神视而不见，他们只是像僵尸一样四处奔走，并不知道该如何去利用摆在面前的万物。在这些日子中他们什么都不会做，只是像蚂蚁一样生活在看不到阳光的地洞中，他们不能分辨春夏秋冬，只是在做一些乱七八糟的事情，且生活毫无章法。

「专家解疑」
章法：①文章的组织结构。②比喻办事的程序和规则。

普罗米修斯看到他们的生活这样悲惨，就决定亲自教他们如何生活，如何生产。他不仅教他们该怎样观察星辰的升降，还发明计算方法、创造拼音文字；在这同时，还将如何使用牲口这一技巧教给了他们，这样人类的劳动负担就减轻了很多。

以前人类不能解决的一些问题，普罗米修斯都替他们找到了解决的办法。他帮助人类驯养马匹，使马儿们可以拉车，还制造了船和帆，这些船和帆都可以在海上自由自在地航行。当然，人类其他的生活起居他也很关心。以前，人们若是生了病，就只能是痛苦地忍受，直至凄惨地死去。但是现在，伟大的普罗米修斯不仅告诉他们要想使得各种疾病治愈，就要服用药剂，还将调制药剂的方法告诉了他们。他还让他们学习预言未来的本领，譬如

「名师点拨」
普罗米修斯是希腊神话中最具智慧的神明之一，从这段话可知，他为人类解决了很多问题，教会了人类很多本领。

教他们如何占卜、解梦，鸟的飞翔和祭祀分别表示什么征兆；还将勘察地下的本领教给了他们，这样他们就可以开采地下的矿产，寻找黄金和白银了。总体来说，只要是可以使他们的生活变得更好更舒适的方法，普罗米修斯都尽最大可能地教给了他们。

「名师点拨」
希腊神话中，提坦之子普罗米修斯创造了人类。普罗米修斯的含义是深谋远虑，实际上，他还充当了人类的教师，教给人类很多有用的知识。

前不久，不仅宙斯父亲的神位被宙斯废黜了，而且老一代神明也被宙斯推翻了，前面我们已经提到过：普罗米修斯是老一代神明的后裔。现在统治天国的是宙斯和他的儿子们。

在宙斯和他的儿子们统治了天国后，这些产生不久的人类就被他们发现了。这些新的神明为了让人类敬奉他们，以保佑人类为交换条件。所以人类和神明在希腊的墨科涅举行了一次聚会，在这次聚会上，人类有什么权利和有什么义务就确定了。普罗米修斯也参加了这次聚会，他参加这次聚会的目的是帮人类辩护，普罗米修斯在聚会中说：各位神明不可为了得到优厚的献祭条件而为难人类。

「专家解疑」
辩护：①为了保护别人或自己，提出理由、事实来说明某种见解或行为是正确合理的，或是错误的程度不如别人所说的严重。②在刑事诉讼中，犯罪嫌疑人、被告人及其辩护人根据法律和事实，针对控告进行申辩或反驳。

聪明的普罗米修斯想要教训一下这些自大的神明，所以他想了一个愚弄众神的办法：将一头大公牛杀掉后，请各位神明们各自选择自己喜欢的部分。牛被分成两堆：一堆以牛皮覆盖；一堆以牛的板油覆盖且这堆看起来比较大，但其中可没有表面上那么简单，第一堆虽然用牛皮覆盖着，但它下面却是肉、内脏等；第二堆的下面则是一些没有什么肉的骨头。

遗憾的是，无所不能的宙斯立刻就将他设的这个局给看穿了，但他并没有直接揭穿，而是说道：“亲爱的普罗米修斯，尊敬的国王，这样分配是非常不公平的。”这时的普罗米修斯天真地以为宙斯已经中了自己设的这个圈套，就很开心地说：“尊敬的宙斯，伟大的神明啊，你喜欢哪一堆就选哪一堆吧！”虽然宙斯对这件事情非常生气，但是，他并没有直接揭穿普罗米修斯，而是故意选择了用板油覆盖的那一堆。当没有肉的骨头露出来的时候，他一副完全不知情而上当受骗的表情，大声地说道：“和以前一样，你还是爱骗人。”

「专家解疑」圈套：使人上当受骗的计策。

「名师点拨」可见，宙斯是多么狡猾，他利用普罗米修斯设下的局，为普罗米修斯定下一个欺骗的罪名，也顺理成章地惩罚了被普罗米修斯创造出来的人类。

为了使普罗米修斯受到惩罚，宙斯决定不将火送给人类，因为要想实现文明就需要火种。为了得到火种，普罗米修斯找到了一个大茴香枝，当太阳车从旁边经过的时候，他就用茴香枝靠近太阳车并引取火种。当火被带到大地上后，普罗米修斯将很多的木柴点燃了，因此火势大增。当宙斯看到直冲天空的火后非常生气，但是因为人类已经开始使用火种，不能要回了，所以宙斯让火神赫淮斯托斯创造出了一个非常美丽的少女，而这个少女就是用来惩罚人类的。

这个时候，因为普罗米修斯实在是太聪明了，所以智慧女神雅典娜对他也没有好感了。她赋予了这个刚刚被造出来的少女很多美丽的东西。这个少女真的是非常漂亮，她身上的白色外衣闪闪发亮，脸上还有面纱，头上有花冠，而且束着一个金发带；她可以说话，还有非常妩媚可爱的姿态。这分别是神的使者赫耳墨斯和爱神阿佛洛狄忒的功劳。这样，名叫潘多拉的害人精就被创造出来了。之所以取名叫潘多拉是因为每个神都给了她一件使人

「名师点拨」潘多拉是希腊神话中火神赫淮斯托斯用黏土做成的地上的第一个女人，她作为对普罗米修斯盗火的惩罚，是送给人类的第一个女人。

类遭受灾难的赠品，而潘多拉的意思是“获得一切天赐的女子”。

然后，宙斯将这个美丽的少女带到了有人也有神的大地上。在这里，没有人不夸奖潘多拉。这时，潘多拉将宙斯给她的赠品给了普罗米修斯那个天真的弟弟——厄庇墨透斯。

厄庇墨透斯在以前就已经收到过普罗米修斯的警告：要想人类不遭受灾难，就不能接受宙斯的赠品。但是，当这么美丽的少

「专家解疑」

警告：①提醒，使警惕。②对有错误或不正当行为的个人、团体、国家提出告诫，使认识所应负的责任。这是对犯错误者的一种处分。

「好词好句」
一干二净
无处不在
*人群中发生了各种各样的疾病，因为众神之父并没有将声音赐给疾病，所以它们日夜不停且悄无声息地运动着。

「专家解疑」
折磨：使肉体上、精神上受痛苦。

女站在眼前的时候，厄庇墨透斯就将普罗米修斯的警告忘得一干二净了。直到灾难降临的那一刻，他才清醒过来，他后悔极了。从人类存在到现在，人类既没有特别繁重的劳动，也没有病痛的折磨，也从没遭受过任何灾难。这个少女用手捧着一个大大的盒子，这个盒子中装的都是灾难，这就是宙斯的赠品。少女来到厄庇墨透斯身边后立刻揭开了这个盒子的盒盖，而盒子里立刻就飞出了很多灾难。不过，其中也有“希望”这件好赠品，但是“希望”被藏在盒子的底层；在灾难都飞出，“希望”还没有飞出的时候，潘多拉将盒盖盖上了，并将“希望”锁在了盒内，潘多拉会这么做都是众神之父吩咐的。

在这之后，灾难就无处不在了。人群中发生了各种各样的疾病，因为众神之父并没有将声音赐给疾病，所以它们日夜不停且悄无声息地运动着。由于疾病围攻人类，原来缓慢走动的死神也开始奔跑了。

「智慧引路」
面对强制和暴力，真正的勇者不会因畏惧而屈服，就像普罗米修斯，他对自己的立场坚定不移。这告诉我们要做一个勇敢的人，一个内心坚定的人。

*从此之后，普罗米修斯就成了宙斯报复的对象。所以宙斯将普罗米修斯交给了赫淮斯托斯、号称强制的克剌托斯和号称暴力的比亚，克剌托斯和比亚都是仆从。*接着普罗米修斯就被拖到了斯库提亚的荒野上，还被锁在高加索山的峭壁上，这些都是宙斯吩咐的。但是，赫淮斯托斯并不想这样做，因为普罗米修斯是他曾祖父乌剌诺斯的亲缘子孙，所以他爱普罗米修斯。因此，他说了几句同情普罗米修斯的话，但克剌托斯和比亚却谴责了赫淮斯托斯，所以他最后还是让这两个仆从将这项无情的任务完成了。

于是，悬崖绝壁上从此多了一个人，这个人只能悬着，他不仅不能睡觉，而且就算双膝疲惫了也不可以弯曲一下。“无论你是哀怨还是悲叹，这些都是没有用的，”赫淮斯托斯对他说，“众神之父的命令是没有人可以违抗的，刚统治天国的新神也是非常残酷的。”普罗米修斯将忍受这种痛苦很久，3万年是最短的期限。他可以悲叹，也能够找人为他的苦难做证，像风、大地和太阳等，都能够成为他的证人。但是，坚定不移的是他的意志。“若是一个人认识到了让人无法抗拒的威力，”他说，“那么不管命中注定的是什么，这个人就必须忍受。”尽管宙斯无情地威胁并摧残他，但他还是做了一个预言：从此以后，诸神的主宰者会堕落、毁灭，这是新的婚姻导致的。就算是忍受痛苦，他也没有点破这个预言。

「哲理名言」

他可以悲叹，也能够找人为他的苦难做证，像风、大地和太阳等，都能够成为他的证人。但是，坚定不移的是他的意志。

宙斯不仅摧残他，还让一只鹰每天啄食普罗米修斯的肝脏，但这肝脏被这只鹰吃去多少就会重新长出多少。这种痛苦会一直持续下去，直到一个人愿意代替他忍受这个痛苦。

长时间没有幸运之神眷顾的受难者终于被解救了。在痛苦持续了数百年后，赫拉克勒斯因为寻找金苹果而从这里路过。他看到高加索山上吊着神的后代——普罗米修斯，正希望向他询问有什么好办法时，对这位受难者的怜悯之心又油然而生了，因为这时他的肝脏正在被一只鹰啄食。因此那只鹰被赫拉克勒斯一箭射了下来。他还将普罗米修斯的锁链解开并将他放了出来。后来，他又将马人喀戎吊在了高加索山上，这是为了满足宙斯。但是，普罗米修斯的脖子上将永远戴着拴着一块高加索山崖上的石头的铁环，这是为了不改变宙斯的判决。只有这样，众神之父才可以非常自豪地说：“高加索山的悬崖上一直锁着我的敌人。”

「好词好句」

怜悯

油然而生

*普罗米修斯的脖子上将永远戴着拴着一块高加索山崖上的石头的铁环，这是为了不改变宙斯的判决。只有这样，众神之父才可以非常自豪地说：“高加索山的悬崖上一直锁着我的敌人。”

■名家品评

为了人类的幸福与发展，普罗米修斯选择牺牲自己，遭受了宙斯残暴的惩罚。从普罗米修斯身上，我们看到了伟大的牺牲精神，对正义和信念的坚定，这些高贵品质与博爱精神是人类学习的榜样，而人类最初的精神也正来源于此。这样可贵、坚定的精神力量一直影响、鞭策着人类不断迎难前进，最终获得了繁荣昌盛的发展。普罗米修斯曾经被马克思形象贴切地评论为“最初的殉道者”，而这位伟大的殉道者也一直被我们所敬仰着。

阅读思考

1. 普罗米修斯创造出人类后，都为人类做出了哪些贡献？

2. 普罗米修斯被宙斯惩罚，忍受着摧残和折磨，最后他的结局是怎样的呢？

3. 阅读完这一篇章，你认为宙斯是一个怎样的形象呢？

法厄同

法厄同是太阳神赫利俄斯与克吕墨涅的私生子。克吕墨涅是海洋女神之一。一天，法厄同来找太阳神赫利俄斯，并得到了太阳神的一个许诺，于是法厄同请求父亲可以让他驾驶一天太阳飞车。太阳神明确告知法厄同，驾驶太阳飞车非常困难，法厄同当时还没有能力做到，但法厄同却固执地坚持着。那么，法厄同能否驾驶太阳飞车？之后又发生了什么事情呢？让我们从阅读中寻找答案吧。

「名师点拨」这段对太阳神宫殿的描写，借助细致的刻画，详细具体地描写出了富丽堂皇的太阳神宫殿的外形，同时给人一种身临其境的感觉。

赫利俄斯——太阳神，用金碧辉煌这个词语来形容他的宫殿是不够的。太阳神宫殿的支柱是非常华丽的大圆柱，黄金和红宝石是柱子上的装饰物。屋顶是用象牙环绕着的，宫殿的大门是银质的，上面还有漂亮的人物和花纹，并且有数不清的非常美的传说雕刻在上面。法厄同走进宫殿拜见太阳神，但作为儿子的他却离太阳神很远，这是由于太阳神的光实在是太灼热了。

父亲身穿紫袍，在一个满是绿宝石的宝座上坐着。日神、月神、年神、世纪神和四季神依次站在他的左右，这些神都是太阳神的随从。在这些神当中，四季神各自有各自的特点：戴着花环的是春神；戴着由麦穗组成的花冠的是夏神；手中拿着满是葡萄的角的是秋神；有一头雪白鬈发的是冬神。就在赫利俄斯看到自己的儿子正对这奇迹感慨的时候，他说：“我亲爱的儿子，你到这里来有什么事情吗？”法厄同回答说：“我亲爱的父亲，我来这里主要是为了让您给我一个凭证，好让我能够证明我是您儿子，并且是真正的天神后裔这一事实。因为人类总是嘲笑并辱骂我最亲爱的母亲——克吕墨涅。”

这时，伟大的太阳神收起了自己头部的光芒，然后走近法厄同，且拥抱了他一下说：“虽然你的母亲克吕墨涅已经将实情告诉了我，但是，你永远是我太阳神的儿子，这将不会改变。为了解除你的疑惑，我指着冥府的斯堤克斯河发誓，无论你想要什么，或想做什么，我都会尽量使你满足的。”太阳神的话刚刚说完，法厄同就说道：“我想驾驶一天你的太阳飞车！”

这时，太阳神吃惊和后悔地摇着他的头，最后大声喊道：“哦，法厄同，我的儿子，我开始后悔了！*因为你的诱导，我对你做了那样不理智的许诺！你想做的这件事情，不是你可以办到的。*因为你实在是太年轻了，何况你还是一个凡人。要想驾驶太阳车，只有能够站在十分灼热的车轴上才可以，而这一点，就是神也不一定做得到。在驾驶太阳车的时候，会经过非常陡峭的路，而驾

「名师点拨」日神、月神等都是太阳神的随从，实际上，从现代科学角度来看，日、月、年、四季等也都与太阳有着一定联系。实际上，从希腊神话中可以看到古希腊人对世界最原始的认识与自身的最朴素的哲学。

「专家解疑」后裔（yì）：已经死去的人的子孙。

「智慧引路」受到法厄同的诱导，太阳神陷入现在的窘迫之中。这启示我们，在做出决定之前，一定要保持头脑的理智，切忌感情用事。

驶太阳车的马很早就必须要攀登这条路了。最重要的是最高的天顶在路程的中间。就是我在驾驶的时候，两条腿也会发颤。当我在这个高度俯瞰下界时，头晕目眩的现象也是经常发生的。在驶过天顶以后，驾驶的时候必须要稳，因为这时路会急转直下。忒提斯作为海的女神，也会因为怕我会从天上掉进大海，而提前做好准备。除此之外，有一点你不能忘记：天在不停地旋转，所以对于这剧烈的回旋你必须要顶得住才可以。若是现在让你来驾驶这车，你可以吗？所以，亲爱的法厄同，这件这么烂的礼物你最好是不要。趁这件事情还没有变得很糟糕，你最好改变一个你的愿望！若是你细心看我的眼睛，你完全能够从我的眼睛中看出我这个作为父亲的忧虑！所以，你最好是重新想一件你想要的，除了太阳车，你想要什么我都满足你，我再次指着斯堤克斯河发誓。”

「名师点拨」驾驶太阳车是一件非常困难的事情，但身为凡人的法厄同却不计后果地想去挑战。可见，法厄同并没有意识到今后将惹下多大的麻烦，为后文的发展埋下伏笔。

*但是，让这个既固执又自不量力的青年改变决定太难了。*由于太阳神已经对着斯堤克斯河发了誓，所以他将儿子带到太阳车旁边。太阳车真的很华丽，不仅轭上的橄榄石等各种宝石在闪闪发光，就连车辕、车轴和轮缘都是用金子做成的，还有轮辐，它是银质的。就在法厄同惊叹太阳车的精致的时候，黎明女神的紫色大门和摆满玫瑰花的前厅的门窗已经在东方打开了。天边最后离开岗位的晨星也已经隐没了，同时消失在天边的还有月亮最外边的弯角。这时，太阳神下令套马，然后，长有翅膀的时序女神们将马匹从马厩中牵出，并将非常华丽的辔头给其套上。

「智慧引路」面对父亲的苦苦相劝，法厄同依然固执己见。这启示我们，做事情要懂得变通，否则将会让自己陷入难堪的境地。

「专家解疑」辔（pèi）：驾驭牲口用的嚼子和缰绳。

为了不让儿子的脸受伤，太阳神将神圣的油膏涂在了法厄同的脸上，然后，给他戴上放射着热量的日光金冠。最后他提醒法厄同："亲爱的法厄同，在太阳车行驶的时候，你只要将缰绳握紧就可以，但是，马在奔跑的时候，你要尽量控制它们的速度，让它们慢一些。因为太阳车行驶的路线是倾斜着的大弧线，所以，在行驶的时候南极和北极是绝对不能靠近的。在行驶的时候，你能够非常清楚地看到车轮曾经滚动过的轨道。在驾驶的时候，既不能下倾得太低，也不能太高。太低会将大地烧毁，太高天国会被烧掉。好了，现在出发吧，去将光明送给整个世界吧！但是，儿子，你现在后悔还来得及，我可以代替你去，你还是留下来看吧！好吗？"

「名师点拨」从太阳神的这段描述可以看出，驾驶太阳车是非常困难的，这也为下文的发展埋下了伏笔。

遗憾的是，法厄同没有听见太阳神说的这些话，他只是跳上车，然后紧抓缰绳，并向自己的父亲点了点头以示感谢。作为法厄同祖母的忒提斯亲自打开了大门。整个宽阔的世界展现在了法厄同的眼前，拉着太阳车的四匹骏马也沿着原轨道腾飞着，并将晓雾冲破了。

这时，拉着太阳车的骏马已经感觉到：现在驾驭它们的不是它们原来的主人了。所以它们就开始放肆起来，奔跑的时候不是按照原来的轨道跑，而是带着车冲得很高，就这样疯狂地跑着。

「好词好句」
驾驭
放肆
*整个宽阔的世界展现在了法厄同的眼前，拉着太阳车的四匹骏马也沿着原轨道腾飞着，并将晓雾冲破了。

看到这种情况，法厄同有些害怕了。他根本就什么都不懂，像缰绳该往哪边拉，车应该从哪条路走，要想制服这些马应该用什么方法等。当他俯瞰的时候，看到的是极其遥远的展开的陆地，

「专家解疑」俯瞰(kàn)：俯视。

现在的他早已魂飞魄散。这时的他心里不断地估摸着与天和地的距离，现在的他不知所措，只能傻傻地站着；掌握在他手中的缰绳既不敢拉紧也不敢放松。他想要呼唤那四匹马，但不知道该如何称呼它们。天上挂着的各种形状的星座，在平时看起来是非常漂亮的，但对于现在的他来说，这些星座没有丝毫的美感，有的只是恐惧。由于被吓到，所以手里的缰绳也掉了下去。缰绳掉落后，这些马儿立刻就脱离了自己原先的轨道，忽上忽下，跑向平时没有去过的地方，可能是因为掉落的缰绳打到了马背的关系吧！这些马儿在胡乱奔跑的过程中，有时碰到恒星，有时向大地的小道靠近。只要是它们到了哪个云层，这个云层就会立即直冒白烟。由于车子一直往地面冲，所以一座高山突然出现在了车子的前方。

「专家解疑」不知所措：不知道怎么办才好，形容受窘或发急。

「名师点拨」法厄同在太阳车不受控制的情况下，内心异常恐惧。这里运用不同时期看到的环境的差异来表现这种恐惧，既形象又直观。

只因为法厄同的这次愚蠢行为，大地上的一切都被大火毁灭了，包括树木、河流，甚至是城市、国家，最重要的是人类的生命。

「智慧引路」既固执又自不量力的法厄同惹下了大祸，让大地变得一片狼藉。这启示我们，做事情应当小心谨慎，量力而行，不能不计后果，肆意而为。

现在地球的每个角落都燃烧着熊熊的烈火，当这一切摆在法厄同的面前的时候，他也因为火热的烤灼而受不了了。他呼吸时吸入的空气总是很灼热的，就好像他现在脚下踩着一个正燃烧着的大火炉。火燃烧产生的浓烟和从地上冲向天空的灰烬令他无法忍受。这时，烟雾和黑暗紧紧地包围着他，不仅如此，因失控而到处乱窜的马车也在疯狂地前进着。最后，因为他的头发被无情的大火点燃了，所以惊恐的他从太阳车上掉落了下来，他的身体一边旋转一边掉落，就如一颗从天边划过的流星。最后他掉到了一条很宽阔的河中，这条河叫作厄里达诺斯，这条河和他的故乡离得非常远。这条河水将他的尸体埋葬了。

作为法厄同父亲的太阳神将这可悲的情景看在眼里，他的脸上布满了自责和悲伤。有人说，这天，人间之所以很明亮，不是因为太阳升起了，而是因为这场大火将整个世界照亮了。

「哲理名言」

这天，人间之所以很明亮，不是因为太阳升起了，而是因为这场大火将整个世界照亮了。

■名家品评

在希腊语中“法厄同”的意思是“熊熊燃烧”。为了证明自己是太阳神的儿子，法厄同向自己的父亲太阳神赫利俄斯请求驾驶一天太阳飞车。太阳神之前曾许诺：无论法厄同想做什么他都会答应。他了解驾驶太阳神车的困难与危险，但百般劝阻无效，只得答应了他，结果酿成了一场悲剧。这则神话具有多方面的启迪意义，从太阳神方面来讲，是对父母以何种方式表达对孩子的爱的警示；从法厄同方面来讲，指出自负者终食恶果，警示我们做事情要量力而行。

阅读思考

1. 驾驶太阳飞车的困难和危险都有哪些？

2. 面对父亲的忧虑与警告，法厄同执意要驾驶太阳飞车，这体现了他什么样的性格特点？

3. 读完这则神话故事，你从中懂得了什么道理？

欧罗巴

欧罗巴是阿革诺耳国王的女儿，长得非常美丽漂亮。宙斯看到欧罗巴的美貌后，不禁为之倾倒。于是宙斯变成了一头高大俊美的的牡牛，来到欧罗巴身边，而且表现得非常优雅、和善。欧罗巴看到这头与众不同的牡牛也表示非常欣赏。于是，欧罗巴爬到了牡牛的背上，但自此之后，欧罗巴的命运也因此改变。那么，牡牛将欧罗巴带去了哪里？欧罗巴最后的命运又是怎样的呢？让我们去一看究竟。

在太尔和西顿，生活着一个叫欧罗巴的女孩，这是很久之前的事情了。阿革诺耳是她的父亲，同时也是一个国家的国王。阿革诺耳的宫殿可以说是与世隔绝的，而欧罗巴是在这里长大的。

「专家解疑」隔（gé）绝：隔断。

每当人们进入梦乡的时候，做梦是非常正常的。有一天，欧罗巴进入了梦乡，一个非常奇怪的梦在她的脑海中出现了。在这个梦境中，有两个大陆，而且它们都很像女人。一个是亚细亚，一个是和亚细亚相对的大陆。这两个女人为了抢夺欧罗巴争了起来。

亚细亚的长相和举止和本地人的一模一样，另一个是异国人。亚细亚在争抢的时候说这是她亲生养育的女儿，所以有着温存的热情；但另一个女人却想将欧罗巴强行拉走。还没等欧罗巴反抗，这个异国女人已经将她带走了。这个异国女人说：“亲爱的欧罗巴，现在你是我的战利品，你命中注定的归宿不是这里，而是持盾者宙斯那里。我们走吧！”

欧罗巴从梦境中苏醒后，她的心非常慌乱。最后，她坐起来了，想清醒一下。但是，她只是两眼发直地望着前方，那个梦境还是无法从她的脑海中消失，而那两个女人，就仿佛站在她的面前一样。过了一段时间，她终于平静了一些，然后出神地说：“梦中的那个异国女人到底是谁呢？我在父亲的宫殿中睡得很好，为什么会做这个梦呢？为什么那个异国女人走近我的时候我会有一种思慕的感情呢？她的眼睛中充满了母爱，虽然我是被强行带走的。这个梦又是哪位天神托给我的呢？希望这个梦代表着好的事情将要发生！”

这位美丽的少女起床后，梦境中所有的恐惧就都没有了。因为生活琐事和娱乐将她的时间占得满满的。没过多长时间，欧罗巴的身边就聚集了很多和欧罗巴同龄的朋友、游伴和一些贵族小姐。唱歌、跳舞、散步和祭神，这些都是她平常最多的活动，有这些人陪着她的时候，她经常参加这样的活动。今天，她们决定

「专家解疑」
温存：①殷勤抚慰（多指对异性）。②温柔体贴。③休息调养（多见于早期白话）。

「名师点拨」
欧罗巴的梦其实是对欧罗巴洲（即欧洲）和亚细亚洲（即亚洲）之间关系的暗喻，同时也说明了欧洲文明的产生和发展过程。这是古希腊神话将物拟人化的一种写法，手法很独特。

「名师点拨」
这段话接连抛出欧罗巴在梦醒之后的诸多疑问，说明这个梦境另有深意，以此引起读者的重视和兴趣，也为下文预设了伏笔。

「好词好句」

畅快

传家之宝

*有一个少女的拖裙的裙裾上刺有神话传说的光辉画面，这些画面都是用金线刺上去的，而这个姑娘就是美丽的公主欧罗巴。

去海边散心。海边不仅有开满鲜花的草地，还可以在海边畅快倾听波涛的声音。这些美丽的姑娘们身上都穿着绣花长袍。这些美丽的姑娘中，有一个少女的拖裙的裙裾上刺有神话传说的光辉画面，这些画面都是用金线刺上去的，而这个姑娘就是美丽的公主欧罗巴。这件拖裙并不是一件普通的裙子，而是大地的震撼者波塞冬从赫淮斯托斯那儿得到的一件作品，这是为了向利彼亚求爱而准备的。从此以后，利彼亚就将这件裙子作为了传家之宝，最后传到了阿革诺耳的手中。这件漂亮的裙子穿在欧罗巴的身上，更加漂亮了。欧罗巴和她的伙伴们在草地上奔跑着，海边飘荡着这些美丽少女的笑声。

她们从草地上采了足够多的鲜花，然后就编起了花环。她们想将自己亲手编的花环作为礼物送给草地女神们，所以她们将花环挂在了正在抽芽的树枝上。但是，最后命运将她们本来很快乐的游玩破坏了，那个梦境真的成真了。欧罗巴实在是太美了，美到伟大的众神之父宙斯对她是如此着迷。伟大的宙斯为了避免赫拉因为嫉妒而愤怒，同时，他也不希望这位纯洁的少女被迷惑，于是，他想出了一个不错的诡计。为了达到自己的目的，他将赫耳墨斯叫到了奥林匹斯山，并让他到腓尼基把阿革诺耳国王的畜群都赶到海边。等到阿革诺耳国王的畜群被赫耳墨斯赶到了海边后，宙斯就变成了一头牡牛。这可不是一头普通的牡牛，它有着高大俊美的身材，略胖的脖子和非常宽的肩膀。它的角和别的牡牛也不同，它的角就像是经过雕琢的一样，就是非常纯净的宝石也没有它的角透明。它全身都被金黄色的毛覆盖着，在它的前额上，还有一个闪烁着的月牙形的银白色标记。而当人们看它的淡蓝色的眼睛的时候，人们可以从中读出倾慕的柔情。

没有多长时间，姑娘们正在玩花环的时候，赫耳墨斯就按照宙斯的吩咐做了，而宙斯也按照自己预定的计划进行。但是，赫耳墨斯什么都不知道，他只是遵照父亲的吩咐做事而已。

这些牛离这些姑娘们很远，它们在草地上吃着嫩嫩的草，只

「名师点拨」
这段话具有承上启下的作用，而最初的快乐与梦境成真后的现实又形成强烈反差，令情节发生突然转变，充满紧张。

「专家解疑」
诡（guǐ）计：狡诈的计策。

「名师点拨」
宙斯变成的金色牡牛是如此高大俊美、与众不同，可以推断出，宙斯变成这样的动物，轻而易举便可吸引公主的目光。

有一头牛走向了这群少女，这就是由宙斯变化而来的牡牛。它在走近她们的时候非常优雅，从它的前额我们看不出威胁的信息，看到的只是和善，它浑身上下都充满了柔情。当欧罗巴和她的伙伴看到这头牛时，她们都非常欣赏这头牛，因为它的形体是那么高贵，神态又是那么平和。她们都非常想抚摸一下这头如此与众不同的牛，但是，她们不敢。当宙斯意识到这一点后，它向她们走近，最后站在了欧罗巴的面前。开始的时候，美丽的欧罗巴因为没有足够的勇气便闪开了。最终她鼓起了勇气，因为那头如此吸引人的牛是如此驯服地站在她的面前。欧罗巴将手中的花拿到了宙斯的嘴边，它用舌头舔着这献给它的香味十足的鲜花，舔着那只正在抚摸它的手。这头高贵的牛将欧罗巴彻底迷住了，她甚至忘情地吻了吻宙斯的前额。这时，宙斯非常高兴地叫了两声，山谷中一直回荡着它的叫声。它用倾慕的眼神看着这美丽的少女，并伏在少女的脚下。然后，宙斯将脖子转动了一下，意思是让欧罗巴坐到自己那宽阔的背上来。

「好词好句」
优雅
柔情
*当欧罗巴和她的伙伴看到这头牛时，她们都非常欣赏这头牛，因为它的形体是那么高贵，神态又是那么平和。

「专家解疑」
驯(xùn)服：①顺从。②使顺从。

此时非常高兴的欧罗巴笑着对着她的伙伴们说道：“我的好伙伴们，快来啊！你们看这头牛的背多么宽阔啊！一定可以坐下我们的，如果我们一起坐上去，一定会非常有趣的。它真好，而且它好像有自己的思想一样，遗憾的是它并不会说话。”*她边说边从伙伴的手中拿过花环挂在宙斯的牛角上，接着就跳上了牛背，而她的伙伴们却还在犹豫着。*

「智慧引路」
欧罗巴善良而单纯，轻易地相信了牡牛，她的伙伴们显然更有警惕心。这启示我们，不要被事物的外表所迷惑，要培养自己对事物的洞察力。

宙斯见欧罗巴已经坐到了自己的背上，便缓慢地走起来，虽

「名师点拨」这句话运用了比喻的修辞手法，利用骏马腾飞做比喻，形象地表现出牡牛奔跑速度之快。

「专家解疑」竭(jié)尽：用尽。

然是这样，欧罗巴的伙伴们也是无法追上它的。当望不到边的海岸展现在它的眼前的时候，它的速度加快了，就如骏马在腾飞一般。在欧罗巴意识到发生什么事情后，宙斯已经带着他的目标跳到深不见底的大海中了，并且向更深处游去。这时美丽的少女只能用左手撑在它的背上，而右手将牛角紧紧地握着。她那漂亮的裙子也被流动的风吹了起来。现在的她竭尽全力在呼喊，但是自己已经离伙伴很远了，她们听不到。

这头牡牛就这样向着大海的远方游去了。天渐渐地黑了，除了能够看到波涛和美丽的星辰，欧罗巴在这黑暗中什么也无法看到。这头牡牛一直在向前方奔跑着，整整一天，但欧罗巴的身上却没有沾上一点水。最后，他们终于到达了一个海岸，这时已经是傍晚了。牡牛将这可爱的女孩放在一棵拱形的树下后就不见了。后来在这棵树下，有一个男子突然出现了，这个男子有着天神般的气质。这时男子说：“美丽的女孩，不要害怕，我是克里特岛的统治者，若是你同意嫁给我，那么我可以保护你。”无望、孤独、害怕迫使欧罗巴同意了这个男子的要求。就这样，宙斯的目的达到了。然后他就突然不见了，和他来的时候一样神秘。

「名师点拨」欧罗巴面对这样突发的情况，非常无助、彷徨，只有答应这个男子的要求，但她却因此走向另一条命运之路，迎来自己注定的命运。

太阳升起后，可爱的女孩从昨天的梦中苏醒了。她张望着，好像要找属于她自己的家。她哀叫着父亲，但回想了一下发生的事情后，她自言自语地说：“不，我已经没有什么资格再呼喊我那亲爱的父亲了，我是一个令人难堪的女儿。”等她向周围看了看后，就开始自己问自己说：“现在我是在哪里？我又是从什么地方来到这儿的？”为了抹掉那个令她难过的梦，她用那又白又嫩的小手摸着她长长的眼睑。她擦亮自己那迷茫的眼睛，看看周围，一切的事物都是那样的陌生。她突然绝望地大喊起来：“牡牛，你这头令人厌恶的牡牛，你出来，我要折断你的角。就算你很可爱，我也要将你的角折断！*曾经发生的这一切是这么的不真实，我本来可以无忧无虑地生活在父亲的宫殿里。但是现在呢？我却成了如此没有廉耻心的人！我现在只想快些结束自己这令人生厌的生命，就请天神将猛虎野兽派出来吧！让这些此刻如此可爱的动物来结束我这悲哀的生命，我将会万分感谢的。*”天总是不如人愿，在这里什么都没有，有的只是这个没有人烟的宁静的荒岛、太阳普照的大地。突然，这个少女跳了起来，就好像在她的后面有复仇女神在紧紧地跟着她一样。她停下来大声喊道：“可怜的女孩，你不能就在这里这样结束自己那卑微的生命。若是这样做了，亲爱的父亲会诅咒你的。他在自己的王国已经准备好了一棵岑树和一座悬崖，这才是属于你的死法。难道你想要做一个野蛮国王的妾吗？不要忘记，你是一个高贵的公主，你的父亲是高贵的国王！”

自从欧罗巴到了这个孤岛上，她就一直折磨着自己：有死的思想，但她没有去死的勇气。就在这时候，嘲笑般的说话声突然在她的耳边响起了。她急忙往自己身后看，女神阿佛洛狄忒和她的小儿子爱神厄洛斯出现在了耀眼的光辉中，爱神厄洛斯还带着自己那精美的弯弓，这就是欧罗巴看到的。这时，阿佛洛狄忒开口说话了：“美丽的少女，不要惊慌，不要生气懊恼，将你驮到

「专家解疑」
眼睑（jiǎn）：眼睛周围能开闭的皮，边缘长着睫毛。眼睑和睫毛都有保护眼球的作用。通称眼皮。

「智慧引路」
虽然欧罗巴被宙斯诱骗到了这里，但欧罗巴的表现却不免太过悲观，这启示我们不论身处何种境地都应保持乐观，积极面对，思考对策，将当前面临的困难解决。

「名师点拨」
荒岛上除了风景，一无所有，借此衬托出欧罗巴当时绝望与懊悔的心情，手法非常巧妙。

这个岛上的那头牡牛会马上来到这里的。还记得那个梦境吗？那是我送你的礼物。你知道将你抢来的那个人是谁吗？他就是众神之父宙斯，因此，人们的心中将留下你名字的烙印，而这个孤岛也因此有了名字，就是欧罗巴！”

「名师点拨」欧罗巴被宙斯带往了另一个大陆，而这个孤岛也因此取名为欧罗巴，即现在的欧洲。根据神话，欧罗巴是欧洲最初的人类，换句话说，欧洲人全都是她的孩子。

■名家品评

这则神话故事再次表现出主神宙斯狡猾、不择手段的性格特点，事实上，这也是古代希腊人的文化精神状态的体现。当时的希腊人正处于一种原生态的精神面貌，他们普遍带有崇尚武力、崇拜强者的心态，婚姻上亦是如此，拥有力量的男方往往表现出强势，而女方的感受通常是被忽略的。除此之外，这则神话还交代了欧罗巴大陆的名字的由来，极具传奇色彩和趣味性。

阅读思考

1. 少女欧罗巴梦到了什么情景？这与她今后的命运有何关联？

2. 宙斯是如何接近欧罗巴并将她带走的？

3. 欧罗巴大陆的名字是怎样得来的？

卡德摩斯

欧罗巴被由宙斯变作的牡牛带走后，焦急的阿革诺耳就派他的儿子卡德摩斯带领兄弟们四处寻找。卡德摩斯经历了尘世的长途跋涉却始终无果，最后不得不向阿波罗请求神的旨意。那么，在得到阿波罗的明示之后，卡德摩斯都经历了哪些离奇的事情呢？让我们一起从阅读中寻找答案吧。

腓尼基国王阿革诺耳有一个儿子叫卡德摩斯，他是欧罗巴的哥哥。自从欧罗巴被宙斯所变的牡牛抢走以后，阿革诺耳就焦急地派卡德摩斯带领兄弟们到处寻找，并命令他们要是找不到她就不许回来。卡德摩斯在尘世里漫无目的地乱闯了很长时间，但始终也没能识破宙斯的诡计。随着时光的推移，他对寻找妹妹已经不抱什么希望，但又害怕他的父亲发怒，于是就去找福玻斯·阿波罗请求神的旨意，指点他以后在什么地方生活。阿波罗向他明示："在一块十分碧绿的草地上，那里会有一头从来没有负过轭的小牛。

「专家解疑」
轭（è）：牛马等拉东西时架在脖子上的器具。

它会领着你走，然后它会躺在草丛里，你就在它所躺的那个地方修建城池，把你的城市取名为忒拜。”

「专家解疑」
城池：城墙和护城河，借指城市。

阿波罗在卡斯塔利亚圣泉把神谕赐给他，他刚刚离开那儿，在一片牧场上就看见了一头牛，它的脖子上没有任何负过轭的痕迹。他在心里感激阿波罗，默默地向阿波罗祈祷，然后慢步跟着这头牛往前走去，这头牛带着卡德摩斯涉过刻菲索斯的浅滩，接着又走了一大段路程，那头牛忽然停下来，它站住了，向着天空直直地竖起两只耳朵，空中响起一阵阵哞哞的叫声。它回头看着跟随它一起走来的那群人，就慢慢卧进草丛里去了。

「名师点拨」
忒拜是古希腊重要城邦之一。根据神谕，这将是卡德摩斯修建忒拜的地方，由此交代了忒拜的修建初衷和修建者。

卡德摩斯匍匐在异乡的土地上，他疯狂地亲吻着这片土地。他要向宙斯献上祭礼，打算举行祭典，于是派仆人到一个名叫活泉的地方取水。那个地区有一大片从来没有被采伐过的非常古老的树林。树林里巉岩犬牙交错，树木盘根错节。有一个拱形的深谷流出一道清凉的泉水。但是这个洞穴里潜伏着一条凶猛的龙，从很远的地方就可以看见它那闪着亮光的火红的龙冠，它的眼睛里总是喷射着灼热的火焰，它那膨胀的躯体满是毒汁，它长着三条舌头，总是发出嗞嗞的声音，还长着三排非常锋利的牙齿。腓尼基的仆人走进了树林，这条淡青色的龙猛然从洞穴里探出头来，发出异常恐怖的叫声。腓尼基的仆人都被吓坏了，手中的汲水罐也滑落到地上被摔得粉碎。他们被吓得连魂都没了。毒龙就把它那遍布鳞甲的躯体盘成一堆，它浑身滑腻腻的，蜷缩成一个直立起来的弓形，随后它就把半个身体抬起来，望着下面的树林。

「好词好句」
灼热
锋利
＊树林里巉岩犬牙交错，树木盘根错节。有一个拱形的深谷流出一道清凉的泉水。

突然，它疯狂而且愤怒地冲向腓尼基的仆人，把他们咬死，或者缠住勒死，有的人因为吸入它所喷出的大量臭气而窒息死去，还有的人是被它的毒汁毒死的。

「专家解疑」窒（zhì）息：因外界氧气不足或呼吸系统发生障碍而呼吸困难甚至停止呼吸。

卡德摩斯不明白他的仆人怎么去了这么久都还没有回来，就决定亲自出去寻找他们。他身上披着一张狮皮，那是他亲手从狮子身上剥下来的，手里握着长矛和标枪，还带着一颗极为坚强的心，这比任何一种武器都有用。他走进了树林，很快就看见他的仆人的尸体，看见那个长相奇怪的仇敌正在用它那肿胀的躯体来炫耀它的胜利，它那嗜血的舌头还在尸体上舔来舔去。

「哲理名言」他身上披着一张狮皮，那是他亲手从狮子身上剥下来的，手里握着长矛和标枪，还带着一颗极为坚强的心，这比任何一种武器都有用。

“噢！我那些可怜的朋友们，”卡德摩斯万分悲痛地大叫一声，“我发誓一定要为你们报仇，否则，我就和你们死在一块儿！”

他说着就搬起一块巨大的石头向毒龙砸去。这样一块大石头连塔楼和城墙都会被砸得坍塌，但砸到毒龙的身上却丝毫未能损伤它。它那坚硬的黑皮和鳞片犹如铁甲一般保护着它的躯体。现在，这位英雄开始向它投掷标枪。这下子怪物的身体顶不住了，钢制的枪尖已经深深地刺进它的脏腑。疼痛惹得毒龙勃然大怒，它回过头来把枪杆咬断，但是枪头还牢牢钉在它的体内。就在这时，它又被卡德摩斯刺了一剑，它就更加恼怒了，咽喉已经胀了起来，白色的泡沫从它的毒腭里向外喷吐出来。毒龙挺起它那树干一般的身躯，像箭一样朝卡德摩斯冲过来，但是它的胸部刚好撞在树干上。鲜血不断地从这条毒龙的脖子里流出来，染红了它周围的杂草。但是这点伤势对它来说根本不算什么，这条毒龙仍可以躲

「名师点拨」这段打斗场景的描写，展现出卡德摩斯的英勇与毒龙的强大，两大力量的抗衡，为我们呈现出一场精彩的对决。

避冲刺和砍杀。最后，英勇的卡德摩斯瞅准了机会，一剑捅破毒龙的咽喉，一直捅到它后面的一棵橡树里，把这头巨兽的脖颈紧紧地钉在树干上。这时毒龙终于被制服了。

卡德摩斯盯着这条已经死去的毒龙看了好长时间。他又看看四周，发现帕拉斯·雅典娜

「专家解疑」
后嗣（sì）：指子孙。
垄沟：垄和垄之间的沟，用来灌溉、排水或施肥。

「名师点拨」
卡德摩斯是希腊神话中的英雄，忒拜的创建者。腓尼基人实际和犹太人是近亲，对犹太文明和爱琴海文明有巨大影响，而后者又是现代欧美工业文明和现代欧美日耳曼文明的摇篮。

从天而降，就站在他的身旁。她命令卡德摩斯立即把毒龙的牙齿播种到翻起来的土地里，它们将会生出人的后嗣。他遵照女神的旨意，在这块土地上犁出一条宽阔的土沟，把龙牙撒进土沟里。突然，土块很快就开始活动起来，他看到从垄沟里先冒出一个枪尖，接着冒出一顶正在晃动着美丽的彩色羽毛的头盔，随即就露出了肩、胸和手持兵器的胳膊，最后从土里站出了一个全副武装的战士，这名战士从头到脚全部是从泥土里生长出来的。别的地方也不断地长出人来。于是，在腓尼基人的面前就长出了一队全副武装的战士。

卡德摩斯感到很惊愕，正准备与这些新生的敌人作战。但是，这支队伍里面有一个人对他喊道："请你放下武器，最好不要介入我们内部的战争！"这时候，这些从土里长出来的战士就开始了一场残酷的具有毁灭性的战斗，最后只剩下五个存活的人。后来，他们都听从雅典娜的旨意放下武器，愿意求和。最先求和的是厄喀翁。这五位战士就帮助从腓尼基来的卡德摩斯，如神明指示，在这里建立了一座美丽的新城市，并给这座城市取名为忒拜。

■名家品评

文中提到的“腓尼基”一词对于多数人而言比较陌生，要理解这则神话有必要探究一下腓尼基这个国家。腓尼基是古代地中海沿岸兴起的一个民族，位于今叙利亚和黎巴嫩境内。在古希腊和古罗马的流传下的著作中，对腓尼基人都颇有微词：普遍都认为他们苛刻、狡诈，横征暴敛，毫无恻隐之心，甚至不耻于做强盗，劣迹斑斑。靠着一些不太光彩的手段，古代腓尼基人实现了巨额的财富积累。但是，谁也不能否认，这是一个勇敢的航海民族。

阅读思考

1. 卡德摩斯从阿波罗那里得到了什么样的旨意？

2. 卡德摩斯派仆人到活泉取水，但仆人却很久未回，因此他决定亲自前往活泉，在那里他经历了什么事情呢？

3. 忒拜这座城市的名字是怎样得来的？

珀耳修斯

珀耳修斯是宙斯和凡间的阿耳戈斯国王的女儿达那厄的儿子。阿克里西俄斯得到一份神谕，说他的外孙会夺取他的王位，并将他杀死。为此，他将母子二人装进箱子扔进了大海。但珀耳修斯和母亲得到了好心人的搭救，并成长为一个勇敢强壮的青年。珀耳修斯随后开始了一段探险生涯，其间他都经历了哪些？神谕最终是否得到应验呢？让我们一边阅读一边寻找答案吧。

「名师点拨」达那厄是宙斯的情人之一，而珀耳修斯是两人的儿子。从宙斯对母子二人的一路守护可以看出，他对他们的深情。

阿克里西俄斯因为受到了将来他的外孙不仅会夺取他的王位，而且会将他杀死的神谕，所以阿耳戈斯国王派人从王宫中运出一个大箱子扔到了大海中，这个箱子可不是一个普通的箱子。在这个箱子中装着两个人——阿耳戈斯国王的女儿和珀耳修斯。这两个可怜的人在大海中漂泊的时候，宙斯为了不让海浪打击到他们，就一直在他们身边默默地守护着。最后，珀耳修斯和他的母亲到了狄克堤斯和波吕得克忒斯两兄弟统治的地方——塞里福斯岛。

那天，在海边捕鱼的狄克堤斯看到了箱子，并将这个箱子弄上了岸。因为这可怜的母子实在是讨人喜欢，所以最后，美丽的达那厄和波吕得克忒斯结成了夫妻。波吕得克忒斯和这位美丽的公主结婚后，并没有将珀耳修斯遗弃，而是将他精心地抚养成了一个非常出色的人。在珀耳修斯刚刚长大的时候，作为珀耳修斯父亲的波吕得克忒斯就鼓励他说：“亲爱的珀耳修斯，现在你已经长大了。作为一个男子，你不能总是这样待在这里，只有出去不断地探险和建立属于你自己的事业才是你最好的未来啊！”听到这些话的珀耳修斯非常同意波吕得克忒斯的意见，因为作为一个青年他足够勇敢。所以，波吕得克忒斯和珀耳修斯决定了外出探险的第一项任务：将美杜莎的头砍下来后并带回塞里福斯，到了塞里福斯后就将美杜莎的头交给国王。

「名师点拨」波吕得克忒斯并没有将继子珀耳修斯遗弃，还给他提供了良好的成长环境，这表现出波吕得克忒斯的善良与无私。

「哲理名言」作为一个男子，你不能总是这样待在这里，只有出去不断地探险和建立属于你自己的事业才是你最好的未来啊！

在一切都准备好后，在诸神的引领下，珀耳修斯到了一个非常遥远的地方。珀耳修斯到达了这个居住着福耳库斯的地方后，首先见到的是格赖埃姐妹——福耳库斯的女儿们。

格赖埃姐妹长得并不好看，甚至可以说她们非常丑。因为她们一出生就满头白发，更让人惊异的是：这三个女孩没有属于自己的眼睛和牙齿，而是三个人共同使用一只眼睛和一颗牙。所以当珀耳修斯到了这里以后，首先做的就是把她们共有的眼睛和牙齿夺取了过来。看到属于自己的那眼睛和牙齿被别人夺走了，格赖埃姐妹很害怕。*于是她们请求珀耳修斯将这一只眼和一颗牙还给她们，面对她们的请求，珀耳修斯很是轻松地说：“我并不是*

「名师点拨」格赖埃在希腊文中的意思是“老妇人”“灰巫女”，姐妹三人姓名的含义为“刻毒”“暴戾”“恐怖”，在古希腊神话中属于反面角色。

「智慧引路」
珀耳修斯非常聪明，他并不是依靠蛮力获得胜利。这告诉我们，凡事要动脑筋，靠智慧解决，蛮力有时只会增加不必要的麻烦，适得其反。

想要将你们的眼睛和牙齿占为己有，只要你们告诉我怎样可以到达女仙那里，我就将属于你们的这些东西还给你们。”面对珀耳修斯的威胁，三个女孩妥协了。

珀耳修斯之所以想要到女仙那里去，主要是想要将女仙的三件宝物拿到手。这三件宝物分别是：一个用狗皮做的头盔、一个能够拿来当衣袋的皮囊、一双飞鞋。这些宝物看起来虽然都很平凡，但是它们的作用真的很大。无论是谁，只要将这双飞鞋穿在脚上，那他就可以想去哪儿就去哪儿。而那个头盔就更神奇了，只要是戴着这个头盔的人，想要看见什么就能看见什么，且任何人都看不到他。面对着这些如此诱人的宝物，珀耳修斯当然想将这些宝物拿到手，所以很快他就出发了。

「名师点拨」
在格赖埃姐妹将珀耳修斯带到目的地后，他便将眼睛和牙齿还给了她们，可见珀耳修斯是个很信守承诺的人。

因为有格赖埃姐妹带路，所以，没有多长时间珀耳修斯就到了女仙住的地方。然后他将她们的眼睛和牙齿还给了这三个女孩。聪明的珀耳修斯不仅拿到了这些东西，而且还得到了一个青铜盾，这个青铜盾不是从女仙那里得到的，而是从赫耳墨斯那里得到的。珀耳修斯穿上飞鞋，戴上头盔，挎上皮囊，等这一切都准备就绪后，珀耳修斯就朝着福耳库斯另外三个女儿住的地方飞去了。

「专家解疑」
盾(dùn)：①盾牌。②盾形的东西。

福耳库斯的这些女儿，虽然都是一些怪物，但是只有第三个女儿是凡人肉体。所以珀耳修斯被派来将这些怪物的头拿回去。当珀耳修斯来到她们的住地时，这些头上没有头发，而是遍布着龙的鳞甲并盘有很多蛇；没有漂亮的牙齿，而是有和野猪差不多的獠牙，还有能够用来飞的金翅膀的怪物们，正在睡觉。无论是谁，只要是注视过她们的人，最后都会莫名其妙地变成石头。这一点珀耳修斯是知道的。*为了不注视这些怪物，珀耳修斯背着脸站在熟睡的怪物前面，他通过可以闪光的青铜盾寻找戈耳工。*最后，他终于找到了他想要找的那个有着凡人肉体的怪物，并将她的头砍了下来。珀耳修斯砍戈耳工美杜莎的头的时候，她还在睡觉。在将戈耳工杀死后，很快，海神波塞冬的两个儿子就从美杜莎的身体中跳了出来。跳出来的分别是飞马珀伽索斯和巨人克律萨俄耳。然后，既勇敢又聪明的珀耳修斯将怪物戈耳工的头放进了皮袋，接着就往回飞走了。一起熟睡的三个怪物中的另外两个这时也醒了，当她们起床后，看到那已经没有头的妹妹，就马上用她们那金翅膀去追凶手了。可是，她们是无法看见珀耳修斯的，因为此刻他头上正戴着头盔。

珀耳修斯在一直往西飞的过程中，遇到了大风，所以他的身体总是左右摇晃着。为了让自己疲惫的身体休息一下，他落在了由阿特拉斯统治的地方。

在这片由阿特拉斯统治的土地上，有一个由巨龙守着的小树林，这个小树林中结的果实都是金果。珀耳修斯来到这里后，他向国王要求，希望可以在这里得到一块自己用来休息的地方。但是为了避免树林中的金果被盗，作为国王的阿特拉斯没有答应他的要求，并且将珀耳修斯赶出了自己的宫殿。看到阿特拉斯如此对自己，珀耳修斯非常生气地说：“虽然你不想给我这个没有任

「智慧引路」

珀耳修斯知道这些怪物的魔力，于是另辟蹊径，巧妙地解决了问题。这启示我们，做事情不能生搬硬套，要学会观察、思考和变通，以找到最佳的办法。

「名师点拨」

传说，美杜莎原为美女，因冒犯女神雅典娜，头发变成毒蛇，面貌奇丑无比。她曾是海神波塞冬的恋人，而飞马珀伽索斯和巨人克律萨俄耳则是两人的后代。

「专家解疑」

疲惫(bèi)：非常疲乏。

何依靠的人一点帮助，但是作为一个来到这块土地的客人，我还是要将这份礼物送给你。”*接着，他自己将脸转向身后，将戈耳工的头从皮囊中拿出来让阿特拉斯看。于是，高大的阿特拉斯瞬*

间消失了，取而代之的是一座高大的山。他身体的各个部位都变成了山上的一部分：胡须、头发变成了森林；双肩、骨头，还有手变成了山脊；而他那颗宝贵的头，则变成了那插入云霄的最高峰。

「智慧引路」国王将珀耳修斯赶出宫殿虽然并不是正确的，但是，珀耳修斯随便惩罚别人的行为也并不可取。这警示我们人与人之间应当和平共处，建立良好的人际关系。

看到无视自己的阿特拉斯已经受到了惩罚，珀耳修斯再次装备好后，又开始了他的飞行之旅。当他飞到埃塞俄比亚海岸上空的时候，他看到一个少女被捆在大海凸出的悬岩上。若不是因为风将少女的头发吹动了起来，他是不会注意到她的。因为她俊美得不像是一个真正的人，而像是用大理石雕刻出来的女神。于是，珀耳修斯从空中落到了埃塞俄比亚海岸上，并问她说：“哦，多么美丽的姑娘啊！现在告诉我，你的名字是什么，你的家乡在哪里？还有，为什么你会被绑在这里呢？”

「名师点拨」将这位少女形容为“用大理石雕刻出来的女神”，运用了拟物的修辞手法，通过雕塑的完美，衬托出少女的美。

被捆在这里的这个女孩非常羞涩，因为不敢和眼前的这个陌生人说话，所以她只是默默地流着眼泪。最后，为了避免眼前的这个人对自己有什么误会，她开口说道：“我是安德洛墨达，这里是由我的父亲统治着的，他就是刻甫斯。就在前不久，这里开始洪水泛滥，还出现了一只大鲨鱼，这只鲨鱼可以将任何东西吞到肚子里。接着，我们收到了一个神谕：若我们这个国家的人想要逃过这场灾难，就要让那个大鲨鱼将我吞掉。在没有其他办法的情况下，我的父亲将我捆在了这个悬岩上。这些都是由我的母亲引起的，她曾说自己漂亮得连海中的仙女都自愧不如。海洋仙女听到了我母亲说的这些话，她非常生气，于是作为仙女的朋友

「专家解疑」泛滥（làn）：①江河湖泊的水溢出，四处流淌。②比喻坏的事物不受限制地流行。

的海神波塞冬就制造了这场灾难。”

美丽的安德洛墨达还没有将她要说的话说完，就看见汹涌的波涛瞬间分开，然后从海底钻出来一个怪物，在那还颤动着的水面上，俯卧着怪物那宽大的胸。这时，安德洛墨达大哭起来，刻甫斯和他的妻子就匆忙地跑向这里，将安德洛墨达紧紧地抱在怀里哭。

「专家解疑」汹（xiōng）涌（yǒng）：（水）猛烈地向上涌或向前翻滚。

这时，一直没有说话的珀耳修斯突然说：“*以后，你们还有很多的时间去哭，但是现在我们首先要做的是救安德洛墨达。*我是众神之父宙斯和达那厄的儿子珀耳修斯，之前，我已经杀死了戈耳工，刚才，我正在用女仙那神奇的翅膀在高空中无忧无虑地飞翔。现在，就算安德洛墨达没有被困在这里，我也有足够的资格让她做我的妻子。现在，我要让她做我的妻子，让她顺利地脱离现在这个险境。你们同意让安德洛墨达做我的妻子吗？”听到珀耳修斯愿意救自己的女儿，作为国王的刻甫斯当然愿意将自己的女儿嫁给他，而且还对珀耳修斯说：“只要你能救我的女儿，我愿意将我的女儿嫁给你，并且，我可以将我的国家交给你来统治。”

「智慧引路」在危险面前，安德洛墨达一家人只能无奈地哭，而珀耳修斯却勇敢地站了出来，这在对比中表现出他的勇敢。启示我们在遇到危险时，也不要惊慌，而是应该沉着冷静地想办法解决。

「名师点拨」从这段话可以看出，国王刻甫斯非常疼爱自己的女儿，将安德洛墨达绑在悬岩上也是迫不得已，现在遇到可以救女儿的人，自然非常高兴，甚至愿意让出自己的王位。

刻甫斯刚刚将自己要说的话说完，这个怪物就非常迅速地向他们这里游了过来。看到怪物直接冲向了他们，珀耳修斯立刻向高空飞去。而这个怪物呢？看到突然出现在海面上的人影，它非常暴躁地就向着珀耳修斯的方向追了过去。然后，珀耳修斯从高空中直接跳到了怪物的背上，紧接着就将那把刺死戈耳工的剑插

到了鲨鱼的身体里。鲨鱼受到攻击后，开始变得非常暴躁，不仅大喊大叫，而且还时而跳到高空，时而沉到海底。珀耳修斯并没有因为鲨鱼在哀号而停止对它的攻击，就这样，鲨鱼身上的剑伤越来越多。直到这个鲨鱼的喉咙开始向外喷血，没过多长时间，鲨鱼的尸体就让巨大的海浪卷走了。然后，珀耳修斯将捆绑着的少女从悬岩上救了下来。在珀耳修斯替安德洛墨达解开锁链的时候，安德洛墨达不断地向救了自己生命的这位青年表示感激和爱慕之情。

珀耳修斯将美丽的安德洛墨达送回刻甫斯的宫殿后，刻甫斯就立刻为珀耳修斯和安德洛墨达准备他们的婚宴。从婚宴开始到结束，到处都充满着快乐的气息。但是突然，叫骂声从城堡的前院传到了举行婚宴的地方。在场的所有人都非常惊讶是谁敢在这里如此无礼，很快，来人就站在了国王的面前。来人身后跟着一队战士，而他本人则挥舞着手中的长矛来到了这里。接着，来人看到了珀耳修斯，他用长矛对准珀耳修斯说：“你这个可恶的外乡人，你怎么能和美丽的安德洛墨达结婚呢？她可是我的未婚妻啊！现在，我要让你为你的无耻行为受到惩罚。”此时，一直没有制止闹剧的国王开口说：“菲纽斯，不要在这里胡闹。你知道你这样做多么让人瞧不起吗？你应该知道，并不是眼前的这位年轻人将安德洛墨达抢走了，而是你将安德洛墨达抛弃了。在她被迫将要作为祭品献给可怕的大鲨鱼的时候，作为叔叔，你没有站出来；作为未婚夫，你也没有站出来。这就是你的选择，你没有

「专家解疑」
哀号（háo）：悲哀地号哭。

「好词好句」
爱慕
挥舞
* 珀耳修斯将美丽的安德洛墨达送回刻甫斯的宫殿后，刻甫斯就立刻为珀耳修斯和安德洛墨达准备他们的婚宴。
* 从婚宴开始到结束，到处都充满着快乐的气息。

「名师点拨」
从国王的话中可知，菲纽斯在安德洛墨达遭遇危险时，竟然抛弃了她，可见，菲纽斯是个懦弱而胆小的人。如今，他又要来抢安德洛墨达，又表现出他的蛮不讲理。

「专家解疑」顾及：照顾到；注意到。

胆量将安德洛墨达从悬岩上救下来，但是站在你眼前的珀耳修斯非常勇敢，面对着如此可怕的怪物，他不顾及自己的生命去救下了我的女儿！而且我相信，以后他会好好地照顾我的国家和我的女儿，这样，我在晚年的时候会很欣慰的！你不应该来这里的。”

「智慧引路」面对菲纽斯的来势汹汹与咄咄逼人，珀耳修斯在招架不住时选择另想办法，这说明珀耳修斯并不是只懂得使用蛮力的勇夫。这启示我们，做事情要懂得随机应变。

听到自己的哥哥这样说，菲纽斯没说一句话，只是眼中充满了愤怒。他的眼睛在不停地转动着，一会儿看珀耳修斯，一会儿又看刻甫斯，最后，他将手中的矛向珀耳修斯投去。幸运的是，珀耳修斯并没有受伤。这时，珀耳修斯被激怒了，他拿起手中的矛向菲纽斯投去。虽然菲纽斯没有受伤，但是他的一个伙伴却被刺死了。就这样，一场无情的战争开始了。因为菲纽斯这次是有备而来，而且国王、王后和自己的新娘也需要自己的保护，所以现在珀耳修斯有点无法阻挡菲纽斯的攻击了。

「名师点拨」从菲纽斯的回答可以看出，他并不知道戈耳工的头的威力，还在那里谩骂着，这表现出菲纽斯自以为是、毫无见识的性格特征。

*看到这种情形，珀耳修斯知道，若不想办法是不行了。*所以他说：“这里所有的人，如果你们认为我们可以成为朋友，那就将你们的脸都转过去。”说着，他就将戈耳工的头举在了空中。看到这一情景的菲纽斯说：“你以为你现在将一个死人的头拿出来我就会向你低头吗？你错了，你的这些骗人的东西我是不会相信的。现在我再给你一次机会，只要你投降，我就让你继续活着。”听到如此不堪入耳的话，珀耳修斯说：“好吧！既然这样，那我们就决一死战吧！”接着，所有向珀耳修斯冲过来的人都变成了石头。最后，还有两百人没有遭到这种灾难，珀耳修斯将戈耳工的头举得更高了，很快，剩下的这两百人也变成了石头。

看到这可怕的情况，菲纽斯懊悔自己不该来这里。他看看自己的周围，自己的朋友和伙伴都变成了石像。此时的他没有什么豪情壮志了，有的只是求饶的声音：“珀耳修斯，你是如此勇猛。现在，就请你放过我吧！我现在什么都不要了，安德洛墨达和这个国家，现在都是你的了！”*虽然菲纽斯现在的样子也非常可怜，但是，当珀耳修斯看到自己的这些新朋友被他杀死，他愤怒了。*

「智慧引路」如果不是菲纽斯当初的不甘心，也不会付出如此惨重的代价，这启示我们，做事情之前应考虑一下后果，否则，追悔莫及。

“你这个没有羞耻心的人，现在还敢在我这里求情吗？你放心，等你死后，你会拥有一座永久的纪念碑！”说着，珀耳修斯就将戈耳工的头放到了菲纽斯的面前，很快菲纽斯就变成了一块石头。

「专家解疑」羞耻（chǐ）：不光彩；不体面。

在这场闹剧结束后，珀耳修斯和安德洛墨达从此过上了幸福的生活，而且珀耳修斯还找到了自己的母亲达那厄。但是，阿克里西俄斯的命运就像预言家曾经预言的那样，最终还是发生了。并没有因为他逃走了，这个预言就不会实现。知道了自己未来的阿克里西俄斯因为害怕预言会真的实现，所以在将自己的女儿和外孙投入大海后，他就逃离了自己的国家，来到了珀拉斯戈斯，并且在这里当上了国王。当珀耳修斯来到珀拉斯戈斯的时候，这里正好有一个赛会，看到参加赛会的人这么多，他也参与了进来。但非常不幸的是：在珀耳修斯投掷铁饼的时候，投出去的铁饼砸到了阿克里西俄斯。最后，珀耳修斯才知道被自己投出去的铁饼砸死的人，其实就是自己要去探望的外祖父。在城外，珀耳修斯

「名师点拨」阿克里西俄斯心胸狭窄，无情地对待他的女儿与外孙，但最终，还是无法摆脱命运的安排。虽然珀耳修斯并非有意为之。

帮自己的外祖父找到了一块葬身之地，并且将自己继承的王国和这个王国进行了交换。这些事情都结束后，他也再没有什么值得命运女神嫉妒的了。从此，他拥有了很多和他一样，具有优良品质的儿子。

「专家解疑」

继承：①依法承受（死者的遗产等）。②泛指把前人的作风、文化、知识等接受过来。③后人继续做前人遗留下来的事业。

■名家品评

在希腊神话中，珀耳修斯是比较少的一个拥有好结局的人。珀耳修斯无疑是勇敢的、有智谋的，但这个拥有天赋的少年（神的宠儿），性格中也有缺点，例如：狡诈（欺骗美杜莎的姐妹）、易怒和残忍（令阿特拉斯变成石头）。最后，是安德洛墨达软化了他，让他成长为有责任心（只在迫不得已时才使用戈耳工的头）和有担当的人，并创造了自己的王国，成为一个影响后代和世界的人物。

阅读思考

1. 珀耳修斯是怎样轻松到达女仙那里的？

2. 珀耳修斯从女仙那里得到了哪些宝物，它们都有哪些神奇的作用？

3. 珀耳修斯是怎样一个人物形象？我们应该从他身上学习哪些可贵品质？

菲勒蒙和包喀斯

一天，宙斯和他的儿子赫耳墨斯来到佛律癸亚王国，他们化作人形，想考察人类的友好程度。但是两位神明却频频遭到当地居民的拒绝，只有菲勒蒙和同样诚实的包喀斯热情地款待了他们。两位神明对此番考察非常失望，决定惩罚这里的人，那么菲勒蒙和包喀斯也会受到惩罚吗？他们最后的命运是怎样的呢？

「专家解疑」
沼(zhǎo)泽(zé)：水草茂密的泥泞地带。

一棵千年橡树长在佛律癸亚王国的一个小山上，一棵同样古老的菩提树紧挨着它长着。一道低矮的围墙在两棵树的四周围绕，许多花环挂在两棵相邻的大树上。不远处有一个湖，那里面沼泽很多。从前，那里是一片可居住的土地，而现在只剩飞来飞去的潜水鸟和苍鹭了。

一天，宙斯和他的儿子赫耳墨斯来到这个地区，这一次赫耳墨斯只拄了一个拐杖，而没戴有翼的帽子。他们都化作人形，想考察人类的友好程度。所以他们挨家挨户地询问，请求借宿一夜。

但所有的居民都很自私粗暴，都粗鲁地拒绝了这两位天神。末了，他们看到村头有一个小茅屋，又矮又小，用干草和苇秆搭顶。但在这所贫寒的房子里住着一对幸福的老人：正直的菲勒蒙和他的女人——同样诚实的包喀斯。在这里，他们一起度过了欢乐的青春年华；在这里，他们又一起变成了白发苍苍的老人。对于自己的贫穷，他们毫不隐瞒，而且默默忍受悲苦的命运。尽管没有子女，他们还是很乐观、友善，相亲相爱地一起生活在他们居住的小茅屋里。

「好词好句」
毫不隐瞒
相亲相爱
*在这里，他们一起度过了欢乐的青春年华；在这里，他们又一起变成了白发苍苍的老人。

当这两位由神化作的高大的人走近这所贫寒的小屋、弯腰跨过低矮的房门时，两位正直憨厚的老人赶紧起身迎接，亲切地打招呼。老汉搬来凳子，老太太包喀斯铺上一块粗布，请客人坐下休息；老太太又赶紧起身向灶台走去，在余焰未尽的柴灰中拨弄出微燃的火星，堆上干木头和干柴枝，轻轻地从冒烟的柴火上吹起火苗来。随后她去抱来劈好的木头，塞到悬在火上的锅下边。而菲勒蒙此时已从侍弄得相当好的小菜园里取来了卷心菜，老太太接过来把它掰开洗净。老汉又用二齿叉从卧室天棚上够下来一块熏猪肉——这块猪肉是准备节日时用的，他们已经储存好久了——从肩部切下一小块抛在沸腾的水里煮汤。

「名师点拨」
菲勒蒙和他的老伴包喀斯是两位品德高尚的老人，他们不因生活贫困而抱怨，日子过得平淡却幸福，待人也是热情有礼。

「专家解疑」
掰(bāi)：①用手把东西分开或折断。②(情谊)破裂；绝交。③辩论；说。

为了不让客人觉得等待时间太长，他们不停地跟客人热情地聊天。他们还为客人准备好洗脚水，为客人洗脚解乏。两位神和蔼可亲地微笑着接受这盛情的招待。

善良的女主人在他们舒舒服服地烫脚的时候，又为他们把睡

铺安排好。床就摆在小屋的中间，床垫里塞的是芦絮，床腿和床架都是柳条编织成的。菲勒蒙拉出了只在节日才用的地毯，但地毯也都很破旧了，虽然如此，两位神还是很愿意坐在上面享用做好的晚饭。此时，老婆婆腰里系着围裙，两手发抖地把一张三条腿的桌子放在床铺前面，由于桌子立不稳，她就往那条短桌腿底下垫了一块碎瓦片。

「智慧引路」
菲勒蒙和包喀斯对待客人的真诚与无微不至让人感动，现实生活中我们也应学会并懂得真诚待人。

她用新鲜的荷叶擦过桌面之后，将饭食摆在了桌上。这里有橄榄，有浸在稍浓的清亮汁液里的秋季山茱萸，有白萝卜和菊苣，还有优质的奶酪和热灰里焐熟的鸡蛋。包喀斯把这一切菜肴放在陶瓷盘子里端上来，同时桌上还有五彩陶酒罐和山毛榉木制的里面涂了黄蜡的小酒杯。这位憨厚的男主人斟上的葡萄酒既不是陈酿也不太甜。不久上了几道热菜，接着，又把酒杯挪到边上，腾出地方好放最后一道甜点心。上的甜点心是核桃、无花果和圆圆的大枣，还有两小盘李子和香气袭人的苹果，连红葡萄也不缺少，餐桌中间还有一块乳白色的蜂蜜片。不过，最好看的还是两位憨厚老人的慈善亲切的笑容，这两张面孔透露着慷慨和忠诚。

「专家解疑」
焐（wù）：用热的东西接触凉的东西使变暖。

「哲理名言」
最好看的还是两位憨厚老人的慈善亲切的笑容，这两张面孔透露着慷慨和忠诚。

当大家吃饱喝足，在热闹地聊天时，菲勒蒙发现，尽管酒杯一再斟满，酒罐里的酒却一直不见少，反而总是升到罐口。这时男主人才惊讶而畏惧地知道，他是给谁提供了住处。老汉连同他年迈的老伴高举起手臂，恭顺地垂下目光，请求神明慈悲为怀，不要怪他们招待不周，只能供应简陋的菜肴！啊，他们现在应该怎样款待天上来的客人呢？对了，他们突然想起来：外面的禽舍

「名师点拨」这段动作描写，形象地描绘出两位老人与一只鹅间你追我赶的场面。而两位老人直到气喘吁吁都不放弃，表现出他们对这两位天上的客人的敬意。

里不是还剩下仅有的一只鹅吗？他们愿意把它拿来献给神。两位老人慌忙去抓鹅，但他们跑得不如鹅快。那只鹅哦哦地叫着，扑棱着翅膀，总能逃开两位气喘吁吁的老人。它时而跑到东，时而跑到西，累得两位老人气喘吁吁。末了，鹅跑进屋子，躲在客人的身后，好像想得到他们的帮助。它果真得到了保护。

「名师点拨」两位老人的正直、善良得到了神的尊敬，并因此逃过了神对当地人的惩罚。这告诉我们正直、善良是每个人都应当具有的品质。

两位神拦住两位老人，慈祥地微笑着说："我们是神，我们是来人间考察人类友好程度的。我们发现，你们的邻居都是有罪的，他们逃不过上天的惩罚。但是你们要离开这所房子，跟着我们到山顶上去，免得你们无辜地跟这些有罪的人一起遭殃。"听了神的叮嘱，两位老人拄着拐棍，吃力地攀登那座陡峭的山。

离山顶还有一箭远的时候，他们不经意间一回头，发现山下的全部土地都成了一片汪洋大海，全部的建筑物都坍塌了，只有他们的小茅屋还立在那里。当他们还在感到惊讶，悲叹其他人的厄运时，那个破旧贫寒的茅屋竟然变成了高耸的庙宇。那座庙宇有很多大圆柱子支撑，金色的屋顶闪耀着光辉，地面全都铺着大理石。

此刻，宙斯露出亲切友好的面容，转向颤颤巍巍的两位老人说："告诉我，诚实的老人，还有你，尊敬的诚实老者的老伴，你们想要得到什么？无论什么要求，我都会答应你们的。"菲勒蒙和老伴简单地交谈几句，随后说："我们希望成为你们的祭司！请允许我们守护这座庙宇。我们俩一直和睦地生活在一起，请求您让我们俩死在同一个时辰吧！我们都不希望看到彼此的坟墓，

「专家解疑」和睦：相处融洽友爱；不争吵。

更不想亲手把对方埋葬。”

宙斯实现了他们的愿望。他们俩在有生之年一直守护着这座庙宇。当他们都感到已经享尽天年的一天，他俩一起站在神庙的台阶前，沉默着重新回忆这奇异的命运。

这时，包喀斯看着她的菲勒蒙，菲勒蒙看着他的包喀斯，彼此消失在绿色的树叶里，两个人的周围长出参天大树。

“再见了，亲爱的老头子！”

“再见了，我的爱妻！”

在他们还能说话的时候，两个人最后就相互说了这么一句。这令人尊敬的一对夫妻，就这样结束了他们的一生：橡树就是老汉，菩提树就是他老伴。即使是死后，他们还是像生前一样永不分离，亲密无间地站在一起。神是尊重虔诚的人的；只有尊重神的人，才会得到神的恩赐。

「好词好句」

奇异

虔诚

*这令人尊敬的一对夫妻，就这样结束了他们的一生：橡树就是老汉，菩提树就是他老伴。即使是死后，他们还是像生前一样永不分离，亲密无间地站在一起。

■名家品评

希腊神话当中，神不止保护人类，他们还负责监督人类的行为，如果发现人类犯错就会对其施以惩罚，有时甚至是毁灭。这则神话中，菲勒蒙和包喀斯象征的是正直、善良，并且对神充满虔诚，因此得到了神的尊重与保护。这启示我们，人应当有一定的敬畏之心，从而克服盲目自大、自以为是的性格缺陷，学会真诚待人。

阅读思考

1. 宙斯和他的儿子赫耳墨斯变成人形来到人间的目的是什么？

2. 菲勒蒙和包喀斯夫妇是怎样接待两位神明的？

3. 试想一下，如果菲勒蒙和包喀斯不具备这些美好的品质，他们的结局会是怎样的呢？

弥达斯国王

弥达斯国王热情地接待了因不胜酒力而昏睡在路上的酒神的朋友——酒徒西勒诺斯。之后，酒神狄俄倪索斯为了向弥达斯国王表示感谢，答应为他实现一个愿望。弥达斯国王说出愿望后，酒神对此感到十分失望，认为他竟没有做出更好的选择。那么，弥达斯国王究竟许下了什么愿望呢？之后又发生了什么事情呢？

有一次，位高权重的酒神狄俄倪索斯翻山越岭到小亚细亚去，他还带着他的女祭司和山林神怪。在那里，他在众随从的陪同下，沿着特莫洛斯山脉那些四周爬满葡萄蔓的山丘散步。走着走着，突然发现少了一位白发苍苍的酒徒西勒诺斯。原来这位老人不胜酒力，因昏睡而落在了后面。佛律癸亚的农民找到了这位酣睡的老人。他们给他戴上花环，把他带到弥达斯国王那里。他是神圣不可侵犯的酒神的朋友，国王虔敬并热情地招待了他，盛宴款待了他十天十夜。国王在第十一天的早上，送他到吕狄亚旷野，把

「专家解疑」

酣（hān）睡：熟睡。

他交给了酒神。

酒神又见到了自己的老朋友，十分高兴，于是要求国王说出他的愿望，酒神一定满足他。所以弥达斯说：“伟大的酒神，如果允许我选择的话，那就请您让我所接触到的东西都变成闪光的金子吧。”酒神对此感到十分失望，对方竟没有做出更好的选择。不过酒神还是满足了他的这个愿望。弥达斯不但没有意识到这是一个多么糟糕的馈赠，反而心里喜不自胜，并且马上就试了试这个许诺可靠不可靠。他从橡树上折下一根橡树枝，结果橡树枝变成了金子；他急忙从地上拾起一块石头，这块石头就变成闪光的金块；他将成熟的麦穗从麦秆上摘下，又得到了金子；他从树上摘下来的水果，像赫斯珀里得斯姐妹的金苹果一样闪闪发光。他欣喜若狂地匆匆走进王宫。他的

手指刚一碰到门柱，门柱就金光灿灿。甚至他把手浸在水中时，水也变成了金水。

*国王欣喜若狂，命令侍从为他备一桌美味的饭菜。餐桌上很快就摆上了可口的烤肉和白面包。然而当他伸手去拿面包时，面包却变成了石头般坚硬的金属。他把肉放在嘴里，闪着微光的金片便在他的牙齿间颤动作响。*他端起高脚杯，啜饮香气扑鼻的葡萄酒，便觉得是金汁滑到咽喉。现在他才明白，他祈求得到的这种财富是多么可怕。他很富，却也很穷，他开始咒骂自己愚蠢，因为他甚至连饥渴都解决不了了，倘使这样下去，他必死无疑，想到这些，内心不寒而栗。

他绝望地用拳头捶打自己的脑门——哦，真可怕，连他的脸也像金子一样闪烁着光辉了。此刻，他万分惊恐地举起双手，朝天祈祷起来："哦，狄俄倪索斯大神啊，发发慈悲吧！宽恕我这个愚不可及的罪人吧，取走我身上这触物成金的能力吧！"

待人亲切和蔼的酒神准了这个深感悔恨的笨蛋的请求，解除了他的魔法，说："你到帕克托罗斯河去，逆流而上，直到在山里找到它的发源地。哪里有泡沫飞溅的水从山崖里喷出来，你就在哪里把头伸进清凉的急流里，让身上闪光的魔力离你而去。同时，你就会将你跟金子的罪愆冲洗掉了。"弥达斯按照神的指令去做，果然魔法离开了他；不过，造金的力量转移到河流里去了，从此以后这条河便大量地携带着这种宝贵的金属了。

「智慧引路」
国王贪婪而又愚蠢，因此向酒神许了这样一个糟糕的愿望。这启示我们，贪婪会吞噬人的心灵，甚至使人走上不归路，因此要懂得知足常乐。

「名师点拨」
弥达斯富有是因为他拥有很多金子，他贫穷是因为他只有金子，连最基本的食物、饮水都没有，这是多么讽刺啊！

「专家解疑」
罪愆（qiān）：罪过。

从此，弥达斯就憎恨一切财富了。他离开自己豪华的宫殿，总喜欢在山林里和河流边散步，崇拜乡间的纯朴的牧神潘，潘喜爱逗留的地方全是阴凉的岩洞。

「专家解疑」
纯（chún）朴：诚实朴素。

不过他的心还是像以前那样愚钝，不久以后他就获得了一种新的再也去不掉的馈赠。

「智慧引路」
这句话具有引起下文的作用，也启示我们，如果不想办法改变自己，那么，未来仍是一成不变，会继续犯错。因此，要懂得审视自己。

在特摩罗斯的群山中，潘，这位长着山羊蹄子的神，习惯于用芦笛为山林水泽的女神们吹奏调情的小曲，有一次他竟狂妄地提出与阿波罗比赛音乐。白发苍苍的老山神特摩罗斯，用橡树叶围住他淡蓝色的头发和太阳穴，坐在一个山岩上，充当决定争斗胜负的裁判。迷人的女神以及尘世凡胎的男人和女人都围坐在四周倾听，他们当中也有弥达斯国王。潘开始吹奏他的牧笛，笛管里不断流淌出野蛮惊人的调子，只有弥达斯听得非常入迷。阿波罗在潘演奏完毕之后上来演奏，他的长满金色鬈发的头戴着月桂花冠，身上穿着紫色的长袍，左手抱着象牙柄的七弦琴，面容和举止透露着神的庄严。他弹起了无比动听的曲调，所有的听众欢喜异常，肃然起敬。末了，有经验的裁判特摩罗斯判定阿波罗获胜。

「好词好句」
倾听
流淌
*阿波罗在潘演奏完毕之后上来演奏，他的长满金色鬈发的头戴着月桂花冠，身上穿着紫色的长袍，左手抱着象牙柄的七弦琴，面容和举止透露着神的庄严。

除了弥达斯外，所有人都热烈地鼓掌，一致赞同他的裁决，不过弥达斯并没有闭上他那张一向胡说八道的嘴，他高声指责裁决，说得胜者应该是潘。此刻，阿波罗悄悄地来到这个傻瓜国王跟前，将他的双耳揪住，他轻轻一抻，那两个耳朵就变得很长，并且变得很尖，里外都长出了灰色的绒毛。这位神轻轻一动就造出了耳骨的关节，因为他不能容忍这样一双耳朵继续保留人耳的样子。这个可怜的国王的头上装饰着两个长长的驴耳朵，从此他羞得无地自容。*他不想让世人知道这个秘密，因此就用一条巨大的穆斯林头巾把耳朵遮盖住。不过他却无法在给他理发的仆从面前隐藏这两只耳朵。*因为好奇心理的驱使，这个仆从一见到他主人的这种新的装饰，就恨不得把这个秘密泄露出去，然而他又不敢把这个秘密透露给任何人。他实在无法忍受自己的心理负担，索性走到河边，在岸上挖了一个洞，对着这个洞小声说出了这个不可思议的秘密。随后他又细心地把这个洞穴填上，轻松地离开那里。但是过了不长时间，这里就密密实实地长出一丛芦苇；芦苇秆被微风一吹就奇妙地沙沙作响，声音很小但非常清晰地说：“弥达斯国王有两只驴耳朵！”于是，这个秘密就泄露出来了。

「智慧引路」
想要彻底地掩盖一件事是不可能的，这警示我们做事之前一定要考虑后果，让自己问心无愧。

■名家品评

弥达斯国王非常贪婪，所以让酒神狄俄倪索斯帮助他实现了触物成金的愿望。除此之外，弥达斯国王身上还体现出不学无术、粗鲁、自以为是、不知悔改等性格特征。最终，弥达斯国王受到了神的惩罚和嘲弄，为我们带来一出令人啼笑皆非的滑稽闹剧。

阅读思考

1. 弥达斯国王得到酒神狄俄倪索斯的许诺后遭遇了什么样的事情？

2. 弥达斯国王最终受到了什么样的惩罚？

3. 思考一下，你认为弥达斯国王是一个什么样的人呢？

坦塔罗斯

坦塔罗斯是宙斯的儿子，是西皮罗斯的统治者，这让坦塔罗斯有着高贵的身份与很大的名望，和众神都是非常要好的朋友。但最后，坦塔罗斯却遭到了众神异常严酷的惩罚：在地狱中忍受着三种酷刑！这到底是由什么事情导致的呢？让我们从阅读中解开疑惑吧。

坦塔罗斯，他是吕狄亚的西皮罗斯的统治者，同时，他也是众神之神宙斯的儿子。坦塔罗斯非常富有，而且作为一个凡人，他也是很出名的。这主要是因为奥林匹斯山上的众神对他都非常尊敬，这对于一个凡人来说是很难得的。

由于坦塔罗斯的身份非常高贵，所以他和众神都是非常要好的朋友。特别是，他还可以和众神之神宙斯一起吃饭，就连众神在谈论什么重要的事情的时候，坦塔罗斯也可以在场。但是，坦塔罗斯的虚荣心很重，这注定他不能永久地承受这上天赐予的福祉。坦塔罗斯不仅处处伤害众神的尊严，将众神的秘密泄露出去，

「名师点拨」此处采用了欲抑先扬的手法，由所谓“好处”转而揭示其害处，由“赞美”转为指责，说明了坦塔罗斯的狂妄自大，同时暗示了他最终的命运。

还将神仙的酒和美食偷出来让凡人吃。最严重的一件事是：有一次，克瑞忒地方宙斯神庙中的金狗被一个小偷偷走了。结果这个金狗落到了坦塔罗斯的手中，当宙斯知道后要坦塔罗斯归还的时候，他却说自己这里没有金狗。

「名师点拨」为了试探诸神，坦塔罗斯竟然用自己的亲生儿子做美食，由此突显了坦塔罗斯的残忍、不近人情。

坦塔罗斯将这件事情隐瞒过去后，他一直想知道这些无所不知的众神是不是知道他撒谎这件事。所以，一天他请这些神来自己家里做客，这次邀请就是为了试探他们。

在这次宴请诸神的宴会中，坦塔罗斯为他们准备的美食竟然是珀罗普斯。珀罗普斯是坦塔罗斯的亲生儿子，可是他却残忍地用儿子来试探这些神。美食端上餐桌后，在场的所有的神都没有吃任何食物，除了得墨特耳。因为得墨特耳的女儿珀耳塞福涅被掠，她现在正陷于痛苦中，所以没有任何察觉的她吃了一块肩胛骨。而其他的神则将放在自己桌前的肢体整齐地放在了一个盒子中，作为命运女神的克罗托则将这些已经被分解的肢体变成了一个完整的孩子。但这个可怜的孩子缺少一个肩胛骨，缺少的正是被得墨特耳吃掉的那个，为了让孩子有完整的肩胛骨，众神为他做了一个象牙的。

「专家解疑」肩胛（jiǎ）骨：人体背部最上部外侧的骨头，左右各一，略呈三角形。肩胛骨和肱骨构成肩关节。也叫胛骨。

这件事之后，诸神再也不能对坦塔罗斯有任何的容忍了。所以，满身罪恶的坦塔罗斯受到了严酷的惩罚。

「智慧引路」坦塔罗斯之所以会受到神的惩罚，主要是因为他狂妄自大，戏弄众神，而且心性残暴。我们在读了他的故事后也应当引以为戒，不要去做狂妄自大的人。

对坦塔罗斯最大的惩罚就是：让他永远站在池塘的中央。坦塔罗斯站着的这个池塘可不是一个简单的池塘，虽然这个池塘也有清水，但在池塘的旁边，还长着很多水果类的树木，像苹果、

梨、石榴等，还有绿油油的橄榄呢！可是这些，并不是让坦塔罗斯享用的，而是用来惩罚他的。坦塔罗斯站在池塘的中央，虽然有很多水，但他却一口也喝不上，因为只要他一张口喝水，那些水就会自动消失。水果也是这样，只要他的手有接近水果的举动，那些水果就会被大风吹走。这些都还不能算是最残酷的，最残酷的是：在他头的上面，飘着一块巨石，这块巨石随时都有可能从空中落下来，掉到坦塔罗斯的头上。这让他时时刻刻都担心下一秒钟自己是不是就要死去了！这就是对坦塔罗斯的惩罚：在地狱中忍受这三种酷刑！

「名师点拨」
坦塔罗斯在地狱中受着折磨。而此后，文学作品通常以“坦塔罗斯”喻指受折磨的人；以“坦塔罗斯的苦恼”喻指能够看到目标却永远达不到的痛苦。

■名家品评

坦塔罗斯是吕狄亚的西皮罗斯的统治者，同时也是众神之神宙斯的儿子，再加上无数的财富，这让他成为一个受人尊敬的人，也是众神非常尊敬的宾客。然而肆意滋长的虚荣心却害了他，让他忘记了自己的位置，失去了虔诚之心，以残暴的方式戏弄了众神。众神严厉惩罚了这个失去虔诚心、缺乏慈爱的凡人，让他永无止境地忍受着酷刑的折磨。

阅读思考

1. 坦塔罗斯只是个凡人，但他非常出名，和奥林匹斯山上的众神都是朋友，其背后的原因是什么？

2. 坦塔罗斯以什么样的方式戏弄了众神？这表现出他身上什么样的品质？

3. 坦塔罗斯接受的惩罚是怎样的？

尼俄柏

尼俄柏的父亲是众神的上宾坦塔罗斯，丈夫是忒拜国的国王，她还有14个非常棒的孩子。这原本应当是一个非常美满幸福的家庭，但却因为一件事被新晋女神勒托和她的双生儿女惩罚：丈夫和子女全部因她而死。到底是什么原因让忒拜王后落得这样一个悲惨的结局呢？

尼俄柏，作为一个女人，她既是幸福的也是不幸的。说她是幸福的，是因为她有别人羡慕的家世和地位；说她不幸，是因为她自己的妄自尊大将这一切都毁灭了。

「名师点拨」这段话具有引起下文的作用，同时向我们交代了导致尼俄柏不幸的原因，以及她的最终结局。

尼俄柏，她的丈夫安菲翁是忒拜国的国王，而她则是忒拜国高贵的王后，她的父亲是众神的上宾坦塔罗斯。缪斯女神原本有一架非常精美的竖琴，在弹奏这个竖琴的时候，条石会自动组合，组合起来后就是忒拜国的城墙。而这个竖琴现在已经是安菲翁的了，这是缪斯女神赐予的。尼俄柏也有自己要统治的国家，这个国家非常强大。而尼俄柏本身也是一个高尚、庄严、吸引人的女人。作为一个女人，最让她骄傲的是她有14个子女，7个儿子、7个女儿。而且她的孩子都是非常棒的孩子。本来，她可以这样幸福快乐地生活下去。但是，她却自己将这样的幸福生活毁灭了。

曼托，一个女预言家，她的父亲是预言家忒瑞西阿斯。就在勒托生下了阿波罗和阿耳忒弥斯后，曼托冲动地到了凡人的世界。到了那里之后，她将忒拜的妇女都召集到了勒托的祭坛，然后要这些妇女敬奉勒托和她的双生子女。来到这里的女子都按照曼托的话做了，妇女们不仅头戴桂冠，而且在焚香献祭的时候，每一个人也都非常认真地祈祷。在这些妇人中，还有高贵的尼俄柏。站在这些妇女中间，她好像是一颗耀眼的星星，如此吸引人们的眼球。当她看到这些妇女都如此虔诚地祈祷时，她傲慢地说："你们这些愚蠢的人，为什么要给勒托这个不存在的神祇建造祭坛呢？你们现在应该把握住真正存在的人才是对的！天地间唯一一个在天神的餐桌上参加过宴会的凡人，不是坦塔罗斯吗？在天上，一直闪闪发光的七星普勒阿得斯的姐妹不是狄俄涅吗？阿特拉斯可以将天宇扛在肩上，难道他不勇猛吗？他们是我的父母，是我的祖先！所以，我才是你们应该要祭拜的那个伟大的人！众神之神宙斯，他是我的祖父！我统治着佛律癸亚，我的丈夫统治着卡德摩斯。在我的宫殿中，珍宝不计其数。我拥有女神般的容貌，还有非常出色的14个孩子，而在不久的将来，我还会拥有14个同样出色的儿媳和女婿。难道你们不认为我是最幸福的吗？你们能

「专家解疑」
祭（jì）坛：祭祀（sì）用的台。

「好词好句」
敬奉
耀眼
*来到这里的女子都按照曼托的话做了，妇女们不仅头戴桂冠，而且在焚香献祭的时候，每一个人也都非常认真地祈祷。

「名师点拨」
尼俄柏的一段言论明显是对神的公然挑衅，这表现出她的傲慢和无知，最终为自己招来祸端。

说勒托比我幸福吗？她没有像我这样显赫的家世，也没有让人骄傲的孩子。这个提坦的没有多少人知道的女儿啊！即便是她现在生的孩子是众神之神的，但是，若不是阿得罗斯给了她一个安身之处，那么她将没有任何地方可以停留。我的幸福生活即便是命运女神嫉妒，想要将我的幸福毁灭，恐怕也不是那么容易的吧！就算是我的孩子中的几个死了，但是我的孩子还是比勒托的多。所以现在，将你们放在桌上的祭品全部拿走，你们头上的那些花环也该扔到大街上了吧！快点回你们各自的家中去吧！千万不要在我面前再做如此愚蠢的事情。”

听到尼俄柏说的这些话，在场的所有妇女没有任何话可以反驳。所以，她们都从自己的头上将那美丽的花环拿了下来，而且还非常小心地将那些祭品放好。在她们离开这个祭坛的时候，她们的心中都在默默地为勒托祈祷。现在，在这些妇女们的心中，女神勒托是如此伟大，让人敬佩。可以说，勒托就是这些妇女们心中最伟大的神。

刚刚在忒拜发生的一切，都已经让在铿托斯山的峰顶上的女神勒托，还有她的双生子女看到了。面对这个高傲的女人说的这些不堪入耳的话，女神勒托说：“哦，我亲爱的孩子们，因为生了你们，我是如此的骄傲！可是现在，这个高傲自大的女人却将我说得如此不堪。在我的心中，除了神母赫拉，我不认为我比哪一个女神的地位低下，但是现在，若是你们不给予你们的母亲帮助的话，那很快，神坛就再也不会有我的位置了！而且她还说她

「专家解疑」
反驳(bó)：说出自己的理由，来否定别人跟自己不同的理论或意见。

「名师点拨」
尼俄柏的傲慢话语对勒托构成了伤害，而妇女们不能反抗忒拜的王后，因此只能默默地为她祈祷。在对比中可以看出，妇女们并不认同傲慢的尼俄柏。

「名师点拨」
这段话反映出，在古希腊神话中，神、人都有缺点，而且彼此之间矛盾重重，而神一直在人的反叛中努力维护着已有的秩序。

「智慧引路」
这段话也是在提醒我们，抱怨不能起到任何作用，只会显示自己的无助与无能，因此应当正视当前的一切，勇敢地面对，认真思考解决方案。

的孩子比我的孩子要优秀。你们已经被侮辱了！”*勒托的话还没有说完，儿子阿波罗就打断她说：“亲爱的母亲，现在抱怨是没有任何作用的！若是你继续这样抱怨下去，那么，那些诋毁我们的人只会更加嚣张！”*“母亲，哥哥说的是对的，你就不要再抱怨下去了！”阿耳忒弥斯同意阿波罗的观点说。很快，在卡德摩斯城市和堡垒的上空，阿耳忒弥斯和阿波罗在那里看着卡德摩斯城内发生的一切。

在卡德摩斯城墙外，有一块非常宽阔的田地，这块田地里没有任何农作物在生长了。很久前，这里只是用来赛马赛车的场地。

「专家解疑」
摔跤(jiāo)：①摔倒在地上。②体育运动项目之一，两人相抱运用力气和技巧，以摔倒对方为胜。

此时，在这块空地上，有七个非常英俊的男孩子在这里尽情地玩耍着。他们有的摔跤，有的骑马，都玩得很尽兴。就在这时，不幸的事情发生了：七个孩子中年龄最大的伊斯墨诺斯正在这块空地上骑马的时候，突然被一支箭射死，并从马背上摔了下来。接着是西皮罗斯，当他发现有很多的箭向他飞来的时候，他就开始逃跑。但是，非常不幸的是：他还是被箭射死了。

「名师点拨」
这段的战斗场面描写，从弱方相继倒下的惨烈中，表现出神为了复仇、维护秩序的残暴，也表现出无辜者承受苦难的悲壮。

另外两个弟弟正躺在地上，相互抱在一起角斗。弓弦再次响起，一箭将他们射穿。二人同时哀号着，在地上扭动着痛苦地抽搐着的肢体，转动着失神的眼睛，在尘土中双双咽气。第五个儿子阿尔斐诺耳看见二人倒下，就赶快跑过来，想要抱住他们，使他们苏醒过来，不过阿波罗一箭射进他的心房，他也倒在了那里。第六个儿子达玛西克同，是一个头披长发的可爱青年，他的膝关节中了一箭。当他仰身往外拔那支飞来的箭时，另一支箭嗖地从他

张着的口中射进来，
一直戳到咽喉里，鲜血如
喷泉一般从喉管喷射出来。最后的也
是最小的儿子伊利俄纽斯，他还是个孩子。他看
见了这一切，便跪倒在地，张开两臂，祈祷道：“哦，所有的神
明啊，请你们饶恕我吧！”听了这话，就连那残忍的射手也很感动，
不过箭已射出，没法收回了。这孩子慢慢地倒下了。然而他死的

时候并看不出有多痛苦，那支箭正好穿透他的心脏。

「名师点拨」
因为尼俄柏的妄自尊大不仅让自己的儿子遭受了神的惩罚，也间接导致孩子的父亲安菲翁的死亡，这样的教训是多么沉痛啊。

不幸的消息很快就传遍了全城。孩子的父亲安菲翁听到这令人恐怖的噩耗，便拔剑自刎了。他的仆从和人民嘈杂的悲鸣迅即传到后宫。尼俄柏久久不能理解这可怕的事件。她不肯相信天上的神有特权敢于和能够这样做。但是，很快她就不再怀疑这是不是真的了。哦，现在的尼俄柏和此前的尼俄柏是多么不同啊！这个刚才还从供奉权威女神的祭坛前赶走众人的女人，刚才还在全城昂首阔步！对那个尼俄柏，她最亲密的朋友也很嫉妒；而对现在的这个尼俄柏，就连敌人也表示怜悯了。她失魂落魄地跑到旷野里去，扑到那些僵冷的尸体上，最后一次亲吻她的每一个儿子。

接着她举起两只疲惫的手臂，对天高呼：“你就幸灾乐祸地看着我的不幸吧！

「专家解疑」
专横（hèng）：任意妄为；专断强横。

“你那愤怒的心应该得到满足了吧，勒托，你这个残忍的女人！我七个儿子的死将把我送进坟墓！你胜利了，专横的敌人！”

「智慧引路」
面对失去的儿子，尼俄柏依然执迷不悟，继续向神挑战，这显示出她的愚昧。由此启示我们，要权衡自己的力量，不要做以卵击石的事。

如今，她的七个女儿也都穿着丧服走来，站在死去的兄弟身旁，披散着长发。看见她们，尼俄柏惨白的脸上闪现一道幽怨的光。*她忘乎所以地看着天空，咒骂说：“你是得胜者！不，即使我现在很不幸，我的孩子还是比幸福之中的你的孩子多！虽然这里躺着这么多尸体，我所拥有的孩子仍然是占压倒性的多数！”话一出口，空中又传来了拉弓射箭的声音。*所有的人都吓得直哆嗦，唯独尼俄柏一点儿也不打战，她已经麻木了。七姐妹中的一个突然用手捂住心窝，她拔出一支射进心底的箭，就昏厥在地，把垂死的脸转向躺在身边的兄弟的尸体。尼俄柏的另一个女儿跑到不幸的母亲那里安慰她，不过一个隐蔽的创伤使她弯下腰来，永远失声不语了。第三个女儿刚要逃跑，就倒在了地上。又有几个女儿因俯身看顾死去的姐妹而死去。最后只剩下了最小的女儿。她惊恐地躲到了母亲的怀里，藏在衣裥中，像幼小的孩子那样紧紧地偎依着。

「专家解疑」
裥（jiǎn）：衣服上打的褶子。

“给我留下最后这个孩子吧！”尼俄柏悲号着朝天上喊叫，“只留下这么多孩子中最小的一个吧！”她祈求之时，那可怜的孩子早已倒地而亡了。

「名师点拨」
面对尼俄柏的苦苦哀求，神依然毫无恻隐之心，让尼俄柏彻底毁灭了。这样写的好处是，能够最直接地触动人心，警醒当前的我们。

尼俄柏孤零零地坐在她的丈夫、儿子和女儿的尸体中间。她的身体因悲哀过度而变僵硬了，头发再也不随风飘动了，脸上也没有一点血色，眼珠木木地盯着前方。她就如行尸走肉一样坐在那里，血液已经凝结，脉搏也消失了，脖子不再转，胳膊不再动，脚也不能再迈步了。即使是身体里的心也变成了冰冷的岩石。除了流泪，她已经没有任何生命迹象了。那双僵化的眼睛里不断流出眼泪来。

此刻，一阵特大的暴风把她吹起来，越过大海，一直吹到尼俄柏的故乡吕狄亚的荒山野岭里，把她放在西皮罗斯的悬崖上。在这里，尼俄柏化为一座大理石的石像，牢牢地立在这座山的峰顶，至今仍然泪流不止。

「哲理名言」
在这里，尼俄柏化为一座大理石的石像，牢牢地立在这座山的峰顶，至今仍然泪流不止。

名家品评

尼俄柏的悲剧故事是希腊神话中的传统经典故事。尼俄柏因获得了人世间最大的幸福而变得狂妄自大起来，说出了诋毁女神勒托的话语，还阻止臣民向神进行献祭。这一行为招致了神对尼俄柏残酷的惩罚，酿造了人间的一场大悲剧。

阅读思考

1. 尼俄柏因为什么事情得罪了神？

2. 想一想，如果尼俄柏能够保持谦虚的话，神还会如此严厉地惩罚她吗？

3. 读完这则神话，你得到了什么启示？

俄耳甫斯和欧律狄刻

俄耳甫斯为了救回欧律狄刻的性命，不怕千辛万苦去了冥界地府，恳求冥王和冥后将自己的妻子放回人间，希望和妻子得以团聚。冥王夫妇答应了他的要求，允许欧律狄刻返回人间，但是他们提出来一个要求，只要俄耳甫斯和欧律狄刻遵守这个要求，俄耳甫斯和欧律狄刻就可以平安地返回人间，过上幸福的生活。那么这个要求到底是什么？他们是否成功回到美丽的人间，过上了幸福快乐的生活呢？

俄耳甫斯，他的父亲是色雷斯国王河神俄阿格洛斯，母亲是缪斯之一卡利俄珀。俄耳甫斯的歌声非常诱人，从他的喉咙中发出的声音总是让人有一种不由自主地被吸引的感觉。太阳神阿波罗也是一个对音乐非常精通的人，他有一把七弦琴，看到俄耳甫斯的音乐才能，他非常欣赏，所以将这把七弦琴送给了俄耳甫斯。当俄耳甫斯一边弹琴一边唱他母亲教给他的歌曲的时候，无论是

「专家解疑」
不由自主：由不得自己；控制不了自己。

「名师点拨」这段话通过环境描写，侧面表现出俄耳甫斯歌声的美妙、琴声的动人。

鸟儿，还是鱼儿，抑或是森林中的猛兽，都会到他弹奏的地方静静地倾听他的美妙歌声。俄耳甫斯有一个非常美丽的妻子，她就是水神欧律狄刻。俄耳甫斯和欧律狄刻不仅非常相爱，而且他们在一起的每一分钟都是非常幸福的。但是，也许是他们的幸福生活引起了命运女神的嫉妒吧！就在他们两个人走向神圣的礼堂时，礼堂中的婚礼进行曲刚刚结束，美丽的欧律狄刻就倒在地上死去了。

那天，天气明朗，所以，欧律狄刻和她的神女游伴一起来到了流淌着清澈的溪水的小溪旁。在这条小溪的旁边，有一块草地，正当两个美丽的女神非常开心地在这块嫩绿的草地上散步的时候，突然，从茂密的草丛中钻出了一条毒蛇。这条无情的毒蛇就这样将美丽的欧律狄刻咬伤了。在被毒蛇咬伤脚后跟后，很快，美丽的女神欧律狄刻就倒在了女友的怀中。在这高山峡谷中，水神的悲鸣和哀号，还有俄耳甫斯的痛哭和歌唱，都一直在回荡着。那悲哀的声音，就连小鸟和麋鹿都被感染了。但是，这悲哀的祈祷和哭泣声还是没有将自己美丽的新娘从死神的身边唤回来。

抚摸着自己深爱的妻子，俄耳甫斯在心中暗下决定：为了让美丽可爱的欧律狄刻回到自己的身边，我要到冥府中去求冥王、冥后。等到了泰纳隆，俄耳甫斯无所畏惧地向地府的入口处走去。到了地府，他首先看到的是遍地的尸体。虽然这些尸体阴森恐怖，但是想见到妻子的愿望让俄耳甫斯忘记了恐惧，他只是非常平静地走到了冥王和冥后的面前。看到这一对脸上没有任何表情的夫妻，他只是将他的七弦琴取出，并开始歌唱。他的歌声和歌儿的歌词是那样有感染力，从歌声和歌词中，我们就可以感受到他对妻子的爱和思念。

“我是为了我的爱妻来到你们的身旁。她曾给我的王宫带来欢乐和骄傲，可没有几天就被毒蛇咬伤，正当青春年华便归了阴间。

「专家解疑」

清澈（chè）：清而透明。

「好词好句」

茂密

无所畏惧

* 在这高山峡谷中，水神的悲鸣和哀号，还有俄耳甫斯的痛哭和歌唱，都一直在回荡着。那悲哀的声音，就连小鸟和麋鹿都被感染了。

「名师点拨」

“平静”一词表明，俄耳甫斯并不畏惧冥府的尸体，而冥府越阴森恐怖，越发彰显出俄耳甫斯的无畏与对妻子的爱。

瞧，我所承受的痛苦是无法计算的！作为一个男人，我奋斗了多年，然而爱情撕碎了我的心，我不能没有欧律狄刻。我向你们祈求啊，我可怕的神圣的统治亡魂的神灵！在这充满恐怖的地方，在你们统治的这片沉默的荒野，请你们把她，我的爱妻，还给我！还她自由，让她过早凋零的生命重获青春！倘使不能这样，哦，那就祈求你们把我也归入亡魂的行列，没有她我永远也不重返阳世。”

「专家解疑」
凋（diāo）零：①（草木）凋谢零落。②衰落。
毛骨悚（sǒng）然：形容很害怕的样子。

亡魂听了他的祈求，都放声痛哭起来。冥后珀耳塞福涅招来欧律狄刻，欧律狄刻摇摇晃晃地走来。“你把她带走吧，”冥后说，“不过你要记住，在你穿过冥府大门之前，一定不要回头看你的妻子，这样她才属于你。假如你过早地回头了，你将永远失去她。”

「名师点拨」
在这种情况下，俄耳甫斯不惜放弃自己的生命，可见，他对欧律狄刻的爱是多么深刻。

现在，俄耳甫斯带着妻子，默默地快步沿着笼罩着夜的恐怖的黑暗的路向上攀登。俄耳甫斯心里突然产生一种无法形容的渴望：他偷偷侧耳试了试，看能不能听到他妻子的呼吸或她裙裾的窸窣声，结果什么也听不见，他周遭的一切都是死一般寂静。他被恐惧和爱情所压倒，再也无法自控，就壮着胆子迅疾地朝后看了一眼。不幸就在这一瞬间发生了，欧律狄刻两只充满悲哀和柔情的眼死死地盯着他，飘然坠回那令人毛骨悚然的深渊。他无比绝望地把手臂伸向渐渐消失的欧律狄刻，然而毫无作用！她又遭遇了第二次死亡，不过没有哀怨——假如她能抱怨的话，那她也只能怨她被爱得太深了。她已经在他的视线中消失了。“再见，再见了！”远处传来低沉微弱的逐渐消失的声音。

「智慧引路」
爱得太深，让俄耳甫斯得到了一次机会，现在却又让他失去了一次机会。这揭示出，只有爱还不够，还要在此基础上建立起信任感。

俄耳甫斯既伤心又惊愕地呆立了片刻，接着他又冲回黑暗的

深渊。然而现在冥河的艄公拦住了他，拒绝把他渡过黑色的冥河。于是这个可怜的人便不吃不喝，不停地哭诉，在冥河岸边坐了七天七夜。他祈求冥府的神再发慈悲，然而冥府的神是不讲情面的，他们绝对不会再给他第二次机会。他只好无限悲伤地返回人间，走进色雷斯偏僻的深山密林。他就这样避开人群，独自一人生活了三年。*见到女人他就憎恶，因为他的欧律狄刻可爱的形象一直飘浮在他周围，是她使他发出一切悲叹和歌声；一想起她，他就弹起七弦琴，唱起动听的哀怨的歌。*

「智慧引路」俄耳甫斯因为失去欧律狄刻而让他走入了一个极端，事实上，这样做是不可取的，有些事情已经无可挽回，我们应当做的是向前看。

一天，这位神奇的歌手坐在一座遍地是绿草却无树荫的山上唱起歌来。森林马上移动，一棵棵大树移得越来越近，直到它们用自己的树枝为他罩上阴影。为了倾听他绝妙的歌声，林中的野兽和欢快的小鸟也都围了过来。当此之时，色雷斯的一群女人吵吵嚷嚷地冲上山来。她们正在庆祝酒神狄俄倪索斯的狂欢活动，她们憎恶这个歌手，因为他自从妻子去世以后就鄙视所有女人。现在她们突然发现了这个女性蔑视者。

「名师点拨」为了听到俄耳甫斯绝妙的歌声，森林都移动起来，这里运用夸张的表现手法，形象地衬托出俄耳甫斯歌声的美妙状态。

“瞧，那个嘲讽女子的人，他在那儿！”第一个酒神的狂女这么喊了一声，这一群狂女就咆哮着冲向他，一边还朝他投掷石块，挥舞酒神杖。在很长的时间里都有忠实的动物保护着这位可爱的歌手。当他的歌声渐渐消失在这群疯狂女人的怒吼中时，它们才惊慌地逃到密林里去。此刻，一块飞石击中了不幸的俄耳甫斯的太阳穴，他马上就满脸是血地倒在绿草地上死了。

「专家解疑」太阳穴：穴位，在人的鬓角前、眉梢后的部位。

那群杀人的狂女走后，鸟儿马上呜咽着扑翅飞来，山岩和一切兽类都悲伤地走近他。山林水泽的神女也都匆匆聚拢到他身边，她们都裹着黑色的袍子。她们都为俄耳甫斯的死悲伤不已，把他残缺不全的肢体掩埋。赫布鲁斯上涨的河水收起并卷走了他的头和七弦琴。从无人拨弄的琴弦和失去灵魂的口舌发出的动听的琴声和歌声，一直在水中不停地飘荡飞扬，河水轻拍河岸发出轻微的声响，就像是悲哀的回响。这条河就把他的头和七弦琴卷进大海的波涛里，一直漂到了斯伯斯小岛的岸边，那里虔诚的居民把他的头和七弦琴捞了上来。他的头被埋葬了，七弦琴被挂在一座神庙里。所以，传说那个小岛出了不少杰出的诗人和歌手，甚至那里的夜莺也比别处的歌唱得更悦耳，据说这是为了祭奠神圣的俄耳甫斯。他的魂灵飘飘摇摇地去了地府，在那里他又找到了心爱的人，他们留在了这个仙境，从那以后，他们幸福地生活在一起，不再分离。

「名师点拨」这段语言充满了诗意，也让希腊神话散发出一种浪漫气息和忧郁情怀，同时也成功地带入了读者的情感。

「专家解疑」祭奠(diàn)：为死去的人举行仪式，表示追念。

■名家品评

俄耳甫斯和欧律狄刻的美丽又哀伤的爱情故事令无数人为之感动，我们感慨于两人真挚的感情，而这个故事也从侧面告诉我们，要获得幸福不仅需要积极争取，真挚的情怀，同时也应学会忍耐、学会坚持、学会信任。只有对美好的生活满怀希望，才能够收获美好的未来。

阅读思考

1. 俄耳甫斯的歌声和琴声非常美妙，文中是如何体现这一点的？

2. 为了让美丽可爱的欧律狄刻回到身边，俄耳甫斯到冥府中去求冥王、冥后，那么，俄耳甫斯最后成功了吗？

3. 想一想，俄耳甫斯为什么会回头呢？

俄狄浦斯的传说

忒拜的统治者拉伊俄斯因在青年时期抢走了珀罗普斯的儿子，而被宙斯诅咒：他将被自己的儿子杀死。他们的儿子俄狄浦斯降生后，拉伊俄斯与王后伊俄卡斯忒担心神谕会应验，无情地将他扔到了喀泰戎荒山中。幸运的是，波吕玻斯收留了这个不幸的孩子。俄狄浦斯的生活原本过得非常幸福，但突然发生的一件事却将他的平静生活打破了，这到底是什么事情？而神谕最终应验了吗？让我们带着疑问一起阅读吧！

俄狄浦斯的出生、青年时代和逃亡

「专家解疑」
统治：①凭借政权来控制、管理国家或地区。②支配；控制。

拉伊俄斯是忒拜的统治者，贵族墨涅扣斯的美丽女儿伊俄卡斯忒是他的妻子。在拉伊俄斯和伊俄卡斯忒结婚后，他们一直都希望有一个孩子，但是，这个愿望一直没有实现。最后，拉伊俄斯终于向得尔福的阿波罗提出了自己的疑问：“伟大的阿波罗，现在，请您告诉我，为什么我一直没有孩子呢？我一直非常渴望有一个自己的孩子，神可不可以赐给我一个孩子呢？”阿波罗听到拉伊俄斯的祈祷，就下达神谕说：“拉伊俄斯，拉布达科斯的儿子，既然你这样想要得到一个你自己的儿子，那么我答应你，你的愿望很快就会实现。但是，有一点你要知道，在不久的将来，你会被你的儿子亲手杀死。因神宙斯曾经听到过，珀罗普斯说是你将他的儿子抢走的，所以，他对你有过一些诅咒。众神之神宙斯在听到这个诅咒后，就下达了这个旨意。”

「名师点拨」俄狄浦斯在外国文学史上是典型的命运悲剧人物，而此处则交代了俄狄浦斯悲剧的起因。

拉伊俄斯自己心中非常清楚，在自己还很年轻的时候就逃离了自己的国家。当他逃到了伯罗奔尼撒半岛时，珀罗普斯统治的国家将他视为贵客接待，但是，不知感恩的拉伊俄斯却拐走了国王的儿子克律西波斯。在拉伊俄斯知道了这一神谕后，他就非常小心，而且对这件事情，他非常相信阿波罗的话。所以，他开始和自己心爱的妻子伊俄卡斯忒分居。但是最后，忍受着相思之苦的两个人终于不顾命运的安排，又生活在了一起。最后，伊俄卡斯忒生了一个儿子。

「专家解疑」半岛：伸入海洋或湖泊的陆地，三面临水，如我国的辽东半岛、雷州半岛等。

在伊俄卡斯忒怀孕的时候，拉伊俄斯和伊俄卡斯忒本来是不想将这个孩子生下来的。但是一时的喜悦之情又让两个犹豫不决的人决定：无论这个孩子是不是真的会带来灾难，他们都要将这个无辜的孩子生下来。但是在孩子真的降临到了这个世界上后，拉伊俄斯和伊俄卡斯忒又记起了那个神谕。为了不发生像阿波罗说的那样的事情，拉伊俄斯让一个牧人将这个刚刚出生的孩子扔

「名师点拨」拉伊俄斯和伊俄卡斯忒当时的心情是复杂的，因为知道神谕的力量无可阻挡，这导致他们人性中的恶占了上风，无情地将刚出生的孩子扔到了喀泰戎荒山中。

到喀泰戎荒山中去。而且在牧人将这个婴儿带走之前，他们还用东西将孩子的脚脖子刺穿，并且用牢固的东西拴好。但是，就在牧人要将这个孩子从自己的怀里扔出去的时候，牧人对孩子有了怜悯之心，然后将这个孩子交给了另一个牧人，这个牧人是在波吕玻斯统治的地方牧羊的。等到牧人回到拉伊俄斯的宫殿时，他告诉残忍的国王和王后说：“尊敬的国王和王后，我已经将那个婴儿放在了荒山中！”听到牧人这样说，拉伊俄斯和伊俄卡斯忒悬着的心终于放了下来。在他们看来，在那没有人烟的荒山野岭中，那个孩子一定会死的，他再也不会杀死自己的亲生父亲了。想到这里的时候，他们也知道自己终于可以轻轻松松地继续生活了。

「专家解疑」怜悯（mǐn）：对遭遇不幸的人表示同情。

「名师点拨」面对无辜的孩子，牧人都会心生怜悯，拉伊俄斯和伊俄卡斯忒却狠心地抛弃了自己的儿子，这表现出他们的自私与残忍。

当孩子被另一个牧人带回自己住的地方后，他看到这个孩子的脚脖子已经被刺穿了！而且牧人也不知道这个孩子是从哪儿来的，所以，就给这个婴儿取名字叫俄狄浦斯。俄狄浦斯，其实是“肿胀的脚”的意思。接着，波吕玻斯的牧人将这个可怜的孩子带到了波吕玻斯的宫殿，然后将这个孩子送给了波吕玻斯。当波吕玻斯看到这个脚已经受伤的孩子的时候，他的心有一丝丝的疼痛。然后，他抱着这个孩子来到了墨洛珀住的地方，并告诉自己的妻子说：“亲爱的墨洛珀，现在，我们不知道到底是谁将这个可爱的孩子抛弃了。他已经没有了父母和亲人，就让我们来好好疼爱这个孩子吧！”自此以后，墨洛珀和波吕玻斯一直都非常疼爱俄狄浦斯，无论是在宫殿中还是在什么地方。因为自己从小就过着非常幸福的生活，所以，俄狄浦斯也理所当然地认为自己将来会

「名师点拨」从这段话可以看出，波吕玻斯心地非常善良，因此收养了俄狄浦斯，让被抛弃的俄狄浦斯能够感受到父母的爱，家庭的温暖。

接替自己的父亲来管理这个国家。因为，墨洛珀和波吕玻斯只有俄狄浦斯这一个孩子。但是，突然发生的一件事却将俄狄浦斯平静的生活打破了！

「智慧引路」
每个人都多少存在嫉妒心理，但我们必须学会释放这种心理，以豁达的心胸去看待世界，否则，既对自己的心理健康不利，也可能伤害他人。

*因为俄狄浦斯从小就过着幸福的生活，所以，这引起了一个科林斯人的嫉妒之情。*一天，有一个有很多高贵的人参加的宴会，就是在宴会上，俄狄浦斯知道了所有的真相。那时，一个科林斯人因为喝醉了酒，所以在宴会上冲着俄狄浦斯大声喊道：“俄狄浦斯，你有什么可以炫耀的呢？你根本不是国王波吕玻斯和王后墨洛珀的儿子，而是一个没有任何身份的弃儿！”当俄狄浦斯听到自己眼前的这个人这样说时，仿佛自己被非常沉重的锤子重重地敲击了一下。第二天，天刚刚亮的时候，俄狄浦斯就来到国王和王后住的地方，然后问自己的父母说：“尊敬的父亲，尊敬的母亲，现在请你们告诉我，我是不是你们亲生的儿子？那个人说的都是真的吗？我的父母到底是谁？”听到自己的儿子问自己这样的问题，波吕玻斯有些慌了。但是很快，他和墨洛珀就对儿子俄狄浦斯说：“亲爱的俄狄浦斯，你当然是我们的儿子！为什么要怀疑呢？不要相信那些没安好心的人的话，你只要记住，站在你面前的就是你的亲生父母就对了。”虽然波吕玻斯和他妻子的话暂时让俄狄浦斯平静了下来，但是，自己的敌人说的话还是实实在在地在自己的脑海中回荡着。

「专家解疑」
炫(xuàn)耀(yào)：①照耀。②夸耀。

「名师点拨」
俄狄浦斯对于自己的身世依然耿耿于怀，这让他的心情无法平静，非要得到神的指点，可见，他对自己的身世是多么苦恼。

俄狄浦斯最后悄悄地离开了王宫，连他的父母都没告诉一声，就去寻觅得尔福的神谕，希望听到神对那句破坏他名誉的责难的驳斥。不过太阳神阿波罗却对他的问题不屑回答，反而向他揭示出一个他所面临的新的更可怕的不幸。“你将杀死你的亲生父亲，”神谕说，“你将娶你的生母为妻，生下可憎的后代留在人间。”听了这番神谕，俄狄浦斯心里说不出有多么恐惧。因为他的心总是对他说，像波吕玻斯和墨洛珀这样慈爱的父母，肯定是他真正的双亲，因此他就不敢回家，他害怕命运女神会驱使他的手杀死他亲爱的父亲，让他与他的母亲结成邪恶的乱伦婚姻。

离开得尔福，他就走上了去玻俄提亚的路。突然，他看见一辆马车朝他驶来，车上坐着一位不相识的老人、一个使者、一个驭手和两个仆从。他被赶车的人粗暴地挤出路外。天生易怒的俄狄浦斯顺手就给了那个顽固的驭手一拳。当那位老人看到这个青年竟然这样鲁莽地冲着马车大喊，便急忙抓起他手边的双排钉棍，照着青年的脑袋重重地一击。这一下，俄狄浦斯暴怒了。他第一次发挥神赐的英雄伟力，马上举起他旅行用的木杖，使劲打了一下老人，结果老人眨眼间就背朝下从车座上滚了下去。一场恶斗之后，原来车上的人除了一人逃脱，其他人都被俄狄浦斯打死了。俄狄浦斯继续走他的路。他感觉自己干的事只不过是出于迫不得已的自卫。他遇到的那位老人没有任何标志说明自己的高贵身份。不过这个被击毙的老者正是拉伊俄斯，忒拜的国王，俄狄浦斯的父亲。拉伊俄斯是要到玻俄提亚神殿才走在这条路上的。*竭力规避预言的父子二人还是将预言变成了现实。*

「名师点拨」现在的父母对俄狄浦斯如此慈爱，却不是他的亲生父母，而亲生父母又被诅咒，可见，现在的俄狄浦斯内心是多么纠结与痛苦，所有的不幸都向他袭来。

「专家解疑」鲁莽（mǎng）：说话做事不经过考虑；轻率。

「智慧引路」预言变成了现实，为俄狄浦斯悲惨的命运拉开了帷幕。然而，如果他能控制自己的情绪，结果可能会改写。这启示我们要学会控制情绪，减少争端。

俄狄浦斯娶母

那场恶斗之后不久，在忒拜城的城门前出现了斯芬克斯，她是一个长着翅膀的怪物，有少女的头，狮子的身体。她是巨人堤丰和妖蛇厄喀德那所生的一个女儿。厄喀德那是一个蛇身女妖，她生了许多怪物，其中有冥府的三头狗刻耳柏洛斯、勒耳那的多头水蛇许德拉和喷火的喀迈拉。斯芬克斯这个怪物趴在一个悬崖上，要求忒拜的居民破解她从缪斯女神那里学来的谜语。过路的人如果猜不中，就会被她撕碎吃掉。

「名师点拨」斯芬克斯最初源于古埃及神话，也见于西亚神话和希腊神话中，在各文明的神话中，她的形象和含义都有不同。在此处，斯芬克斯虽是一个怪物，但其人面象征的是智慧和知识。

谁也不清楚，国王在路上被什么人打死了，王后伊俄卡斯忒的兄弟克瑞翁继承了王位，执掌了政权。正当全城为死去的国王举哀的时候，这个怪物带来的灾难降临了全城。随后，克瑞翁的儿子就被斯芬克斯抓住吞食了。这个灾难促使国王克瑞翁发出公告：谁能使全城摆脱这个吃人的怪物，谁就可以得到这个王国并娶他的姐姐伊俄卡斯忒为妻。

这个公告刚刚宣布，俄狄浦斯就走进了忒拜城。危险和因冒险而得到的奖赏都使他感到很有刺激性，同时他并不看重他那笼罩在不祥预言之中的生命。所以，他奔向斯芬克斯占据的那个悬崖，想猜她的谜语。这个怪物想给这个勇敢的外乡人出一个完全解不开的谜语，便说出下列警句：“早晨四条腿，中午两条腿，黄昏三条腿。在一切造物中唯独这种造物用不同数目的腿行走。

「专家解疑」造物：古人认为有一个创造万物的神力，叫作造物。

腿最多之时，也是力量和速度最小之时。”

听了这个谜语，俄狄浦斯觉得一点儿都不难猜，便微微一笑说：“你的谜底就是人呀。在生命的早晨，人是弱小无力的孩子，便用两手和两脚爬行；人长大了便是生命的中午，当然用两脚走路；到了老年就是生命的黄昏，人就要拄拐杖，这不就是用三条腿走路吗。”这个谜语正好被猜中了。斯芬克斯因为羞惭和绝望从悬崖上跳下去摔死了。作为奖赏，俄狄浦斯得到了忒拜王国，娶了前国王的遗孀，她的生母。伊俄卡斯忒接连为他生了四个孩子：先是双生的男孩厄忒俄克勒斯和波吕尼刻斯，接着是两个女儿，大的叫安提戈涅，小的叫伊斯墨涅。这不仅是他的孩子，还是他的弟弟和妹妹。

真相大白

「名师点拨」这句话为下文故事情节的发展做了铺垫，起到了承上启下的作用。

这个可怕的秘密很长时间都没有被揭露。俄狄浦斯尽管有些过失，但却是一个有正义感的好国王，他愉快地治理着忒拜，和伊俄卡斯忒过着美满的生活。后来，诸神向他的国土降下瘟疫。瘟疫在民间猖獗流行，没有办法救治。忒拜人认为这场灾害是神降下的惩罚，又认为他们的国王是天国的宠儿，所以都企图在他的庇护下抵御可怕的灾害。于是王宫前出现了男女老幼汇成的人群，领头的是一些手持橄榄枝的祭司。这些人在神坛四周和台阶上坐下，等国王露面。

「名师点拨」这句话运用了拟人的表现手法。热浪、传染病仿佛化作了恶魔，在这座城市肆虐，从而彰显出这场灾难的深重与无情。

「专家解疑」水深火热：形容人民生活处境异常艰难痛苦。

俄狄浦斯走出国王的城堡，询问因何全城都缭绕着熏烤献祭的烟雾，到处都是悲泣和哀号。那位最老的祭司代表众人回答道："哦，主人呀，你亲眼看见了一场什么样的灾难降临在我们的头上：无法忍受的热浪烤焦了牧场和田野，使人耗尽生命的传染病在我们每人家里猖狂，全城都拼命想从灭顶的灾难中抬起头来，却是徒劳。敬爱的国王啊，在这水深火热中，我们只能到你这里来请求保护。你曾经把我们从斯芬克斯吃人的灾难中解救出来，没有神力相助这肯定是办不到的。所以我们相信你，这次你还是靠神力或众神来救救我们吧。"

"我可怜的孩子们，"俄狄浦斯答道，"你们祈求的原因我很理解。我的弟弟克瑞翁已经被我派到得尔福去恳求阿波罗，请他告知究竟什么活动或什么行为才能使这座城得救。"

「专家解疑」恳（kěn）求：恳切地请求。

俄狄浦斯正说着，克瑞翁也来到了人群中，并当着人民的面向国王报告神谕的内容。然而，这道神谕并不使人感到心安："神说，是国王拉伊俄斯被杀害构成了一桩严重的血腥罪恶，并压在这块土地上。只有这个杀了前国王的罪人离开这个国家，全城才能得救。"

*俄狄浦斯怎么也没想到，他打死的那个老人就是拉伊俄斯，神迁怒于人民原来是为了这件事。他们给他讲了讲国王被杀害的经过，然而他听见以后还是茫然。*他宣称他本人能够处理好有关死者的问题，并责令聚集起来的人民解散。接着他向全国发出通告：凡是知道杀害国王拉伊俄斯的凶手消息的人，都要如实上报，外国的知情者如来报告则将得到本城的重金酬谢；对知情不报者和推脱同谋罪责者，则将不准其参加一切宗教仪式、享用祭餐，甚至同国人交往和谈话；那个凶杀者则要受到最恶毒的咒骂，一生困苦不幸，终将可耻地毁灭。

「智慧引路」神谕还是应验了，俄狄浦斯在不知不觉中犯下了重大罪过。事物总是有因必有果，这启示我们做事情一定要考虑清楚，不顾后果的话最终仍是由自己来承担。

接着他派了两个使者把双目失明的预言家忒瑞西阿斯请来。这个预言家很快就来到国王和聚集起来的人民面前。俄狄浦斯向他说明了困扰着他和全国人民的烦恼，请他施展预言家的本领，帮助大家找到凶杀者的踪迹。

不过忒瑞西阿斯突然发出一声悲叹，并伸出双手仿佛要挡住国王似的，说："知情是可怕的，知情只能给知情者带来灾难！

「名师点拨」忒瑞西阿斯一定是知道了事情的真相，但这是一件人神共愤的事，虽然俄狄浦斯并非有意，但结果依然非常可怕。所以，他发出了这样的悲叹。

国王，让我回去吧！还是你管你的事，我管我的事吧！”

这样一来，俄狄浦斯反而更加力劝这位预言家说出实情，他周围的民众则跪在他面前祈求他。见他不做进一步的说明，国王俄狄浦斯突然动怒了，骂忒瑞西阿斯不是知情人也是杀害拉伊俄斯的帮凶。被逼无奈，失明的预言家只能说出实情。“俄狄浦斯，”他说，“服从你自己的通令吧！你本人就是使全城遭殃的罪人！没错，你本人就是杀死国王的凶手！”

俄狄浦斯大骂预言家忒瑞西阿斯是巫师和阴险的骗子，那个预言家则把他叫作“杀父的凶手”“娶母的罪人”，预言他已灾难临头。接着他就由小童带路愤愤地离去了。

妻子伊俄卡斯忒比国王更摸不着头脑。她一从丈夫口中得知，忒瑞西阿斯说俄狄浦斯是杀害拉伊俄斯的凶手，她就禁不住愤怒地咒骂这个预言家和他的预言才能。“亲爱的，你瞧，”她高声说，“这些预言家多么无知！从一个例子上就可以证实这一点：我的第一个丈夫拉伊俄斯也曾得到过一个神谕，说他将死在自己儿子的手里。不过杀死他的却是十字路口的一群强盗，而我们唯一的儿子生下来才 13 天就被捆住双脚抛到荒山野岭里去了。哼，预言家是这样实现他的裁决的！”

王后冷嘲热讽地说出的这一席话，却在俄狄浦斯心里产生了与她的期望完全不同的影响。他万分震惊地问：“拉伊俄斯是死在一个十字路口？哦，告诉我，他长得什么样？多大年纪？”

“他很高大，”伊俄卡斯忒答道，完全不理解俄狄浦斯何以如

「名师点拨」俄狄浦斯难以相信这样的结果是可以理解的，事实上，这一有悖伦理的结果正表达出在新伦理观念刚形成的阶段，人类由野蛮走向文明的痛苦回忆。

「名师点拨」真相的揭露进入高潮，伊俄卡斯忒的回忆将现实再次拉回过去，在多层相互关联的铺垫中，使情节发展充满起伏。

「专家解疑」裁决：有关机构或人士经研究对有争议的问题做出处理决定。

此激动，“一头灰白的老人发髻。亲爱的，他的体格和长相都很像你。”

“忒瑞西阿斯并不是瞎子，忒瑞西阿斯什么都看得见！”俄狄浦斯惊呼道，最后的疑团驱使他进行详细的调查。他终于了解到，国王被杀是一个逃走的仆从报告的。俄狄浦斯渴望见到他，所以就把这个奴仆从乡下叫来。然而在他到达之前，从克林斯来了一个使者，向俄狄浦斯报告他父亲波吕玻斯国王的死讯，要他回去继承王位。听到这个消息，王后又得意扬扬地说：“崇高的神谕啊，你预言的结果在哪里？说俄狄浦斯将杀死的父亲，现在不是安享天年，寿终正寝了吗！”

「名师点拨」
俄狄浦斯已经渐渐有所领悟，并继续去调查，在如此残酷的真相面前他并没有逃避，这体现出他敢于揭示真相、承担责任的勇气。

「名师点拨」
王后，亦即俄狄浦斯的母亲，看来仍不知道事情的真相，她以为波吕玻斯就是俄狄浦斯的亲生父亲。

这个消息对虔诚敬神的俄狄浦斯的影响却完全不同。他尽管从心底里愿意承认波吕玻斯是自己的父亲，然而他无法理解，一道神谕怎么会没有实现。他不想到克林斯去，因为他的母亲墨洛珀还活着，而神谕的另一部分关于他将娶母亲为妻的宣示仍然可能实现。然而这个使者很快就打消了他的这个疑虑。原来他就是多年前在喀泰戎山上从拉伊俄斯的仆从手中接过新生婴儿的那个牧人，捆在婴儿被穿透的脚后跟上的绑带就是他给解开的。他毫不费力地证明了俄狄浦斯只是国王波吕玻斯的养子，虽然他是克林斯的王位继承人。

「专家解疑」
证明：①用可靠的材料来表明或断定人或事物的真实性。②证明书或证明信。

当伊俄卡斯忒听到这话的时候，便悲痛地呼号着离开了丈夫和集聚的人群。此刻，从远方找来的那个年老的牧人到了；那个克林斯的使者一眼就看出，他就是从前在喀泰戎山上交给他孩子的那个人。老牧人吓得脸色煞白，想要否认这一切。俄狄浦斯勃然大怒，说要对他严加惩罚，他才说出了真相：俄狄浦斯是拉伊俄斯和伊俄卡斯忒的儿子，因为可怕的神谕说这孩子将杀死父亲，所以他们就把孩子交给他扔掉，然而他出于怜悯救了孩子。

伊俄卡斯忒和俄狄浦斯的自惩

「名师点拨」所有怀疑都真相大白了，在俄狄浦斯经历的悲剧中，表现出命运的“无常”“无奈”，也反映出希腊神话中命运主宰一切的观点。

「专家解疑」触目惊心：看到某种严重的情况引起内心的震动。

「名师点拨」俄狄浦斯是一个有正义感的好国王，这让他得到了人民的尊敬和爱戴，但这也正衬托出俄狄浦斯这一悲剧人物何其不幸，何其令人感叹。

所有的怀疑都解除了，真相大白于天下。俄狄浦斯狂喊着冲出去，在王宫里四处乱走，想找到一把剑，从人间铲除他那既是母亲又是妻子的怪物。他怪声吼叫着奔向寝室，砸开紧锁的双重房门，冲了进去。他因一幕触目惊心的景象止住了脚步。他看见伊俄卡斯忒已经自缢，披着一头蓬乱的长发。木然呆立许久，俄狄浦斯才悲咽着走过去，把吊上去的绳子拉下来，直到尸体落到地上。他从她的袍子上拽下纯金锻造的胸针，使劲刺穿自己的眼珠，直到鲜血从眼窝里涌出。他诅咒他的眼睛，它们不应当再看到他所做的和他所容忍的这一切。接着他让人把他领出去，告诉全体忒拜人民他就是杀害父亲的凶手，娶母为妻的乱伦者，天神诅咒的恶徒，大地的妖怪。仆从们把他领了出来，然而人民对他们的这位从前非常爱戴和尊敬的统治者并不憎恶，反而十分同情。降低身份的俄狄浦斯见到人民这样慈爱，深受感动。他命他的内弟克瑞翁任摄政王，扶助他本应继承王位的幼子；他请求埋葬他不幸的母亲，请求新国王保护他的两个孤女；至于他自己，他要求把他赶出这个他以双重的罪过玷污的国家，把他放逐到喀泰戎山里去，那里是他的父母早已决定埋葬他的地方，现在他到那里去，是死是活全由山神来安排。他说，克瑞翁对他表示这么多爱心，为此他衷心祝福他，希望神比他当政时更好地保护克瑞翁和人民。

俄狄浦斯和安提戈涅

在真相大白之初，俄狄浦斯只想尽快死去。倘若人民起来反对他，用石头砸死他，他会把这一切当作一种善行来接受。之后，他觉得他所请求的，他的内弟克瑞翁同意的放逐，也是一种恩典。不过当他在家里坐在黑暗中，满腹怒气渐消时，他又感到，一个盲人流落他乡实在可怕，便毫不迟疑地把他想留在家里的愿望告诉克瑞翁和他的两个儿子了。然而这时的情况是：摄政王克瑞翁的同情已经成为过去，两个儿子也是一副极端自私的硬心肠。克瑞翁坚持放逐，两个儿子拒绝援助他们的父亲，甚至不置一词。他们硬塞给他一个行乞的棍子，并将他赶出忒拜的王宫。只有两个女儿怜悯被驱逐的父亲。小女儿伊斯墨涅留在哥哥的家里尽其所能料理父亲的事务，俨然就是远离者的律师；大女儿安提戈涅与父亲一起放逐，做了失明者的引路人。

于是，安提戈涅便随他走上了漫无目的的艰苦旅程。她脚上无鞋，忍饥挨饿，伴随父亲穿过原始森林；娇柔的少女和父亲一起忍受着日晒雨淋，虽然留在哥哥的家里她会得到无微不至的照应，然而在苦难中只要父亲能够饱餐一顿，她也会感到非常满意。

「专家解疑」
放逐（zhú）：古时把被判罪的人驱逐到边远地方。

「名师点拨」
在这种时刻，俄狄浦斯依然在为克瑞翁和人民祈福，这更加衬托出俄狄浦斯的善良与正直。

「好词好句」
不置一词
漫无目的
*她脚上无鞋，忍饥挨饿，伴随父亲穿过原始森林；娇柔的少女和父亲一起忍受着日晒雨淋，虽然留在哥哥的家里她会得到无微不至的照应，然而在苦难中只要父亲能够饱餐一顿，她也会感到非常满意。

俄狄浦斯的初衷是在喀泰戎的深山老林里苦熬岁月或干脆结束生命。然而因为他是一个虔诚敬神的人，所以他不想在没有神的旨意时贸然迈出这一步，于是他便先去朝圣，求取阿波罗的神谕。在圣地他听到了使他感到安慰的箴言。诸神很清楚，俄狄浦斯是在规避犯罪的情况下无意犯下了违反自然和人类社会最神圣的法则的大罪。所以，神告诉他：假如他能听从命运女神的安排到达那些可尊敬的女神——复仇女神为他准备的栖身地，即便经过很长时间他也能等到被解救的那一天。人类为了敬重和抚慰三位复仇女神为她们想出一个别名——慈悲女神。这道神谕的言辞既难以捉摸又令人不寒而栗。俄狄浦斯将在复仇女神那里使他违反自然的罪过获得赦免，从而得到安宁和解救！他相信神的诺言，并在全希腊流浪。他心地善良的女儿安提戈涅领着他，照顾他，全靠好心人的施舍过活。

「名师点拨」在知道真相后，俄狄浦斯对神的虔诚显得过于卑微，现在的俄狄浦斯完全失去了抵抗精神，完全按照神谕去生活，接受命运的安排。

「专家解疑」不寒而栗(lì)：不寒冷而发抖，形容非常恐惧。

俄狄浦斯在科罗诺斯

时而经过城乡，时而穿过荒野，经过很长时间的流浪，一天黄昏，父女二人来到一个坐落在景色宜人的小树林中的美丽村庄。夜莺扑打着翅膀飞过灌木丛，用悦耳的声音高歌；葡萄藤上绽放的小花吐露着芬芳；橄榄树和桂树的枝条遮住了凹凸不平的山岩。就是双目失明的俄狄浦斯也能通过他其余的感官感觉到这个地方的优美，听了女儿的描述就更认定这是一个圣洁的地方。俄狄浦

「名师点拨」这一对患难与共的父女是多么令人感动，从这一段中的环境描写也可以看出，尽管身世不幸，但是两人的互相扶持却让他们感受到了内心的平静与愉快。

斯因为走了一整天的路觉得累了，便坐在一块大石头上。不过一个村民要他赶快站起来，因为这里是圣地，不容许踏入。此刻，两个流浪人才知道，他们已经来到了科罗诺斯村，这正是**明察秋毫**的复仇女神的地区和圣林。然而，这里的雅典人把复仇女神叫欧墨尼得斯。

俄狄浦斯清楚，他已经到达了流浪的终点，他那令人恼恨的命运即将得到和平的解决。

“在你们这里，谁是国王？”俄狄浦斯问，在长期的苦难中他对世界的历史和现状已经很生疏了。

“你知道威猛而高贵的英雄忒修斯吗？”那个村民问，“他的名声可谓威震世界呀！”

“如果你们的国王确实这样高贵，”俄狄浦斯应答道，“那么就请你把我的口信带给他，请他到这儿来一趟。我将为这个小恩惠给他重大的酬报。”

“一个盲人会有什么善行酬报我们的国王？”那个农民说，并微笑着不无怜悯地看了这个外乡人一眼。“然而，”他继续说，“*你呀，要是你不是双目失明，你这高贵的外貌也会让我尊敬你。因此我乐意满足你的心愿，把你的请求告诉国王和我的同胞。你坐在这里别走，等候我的回话。*让他们决定你是可以留下来，还是应该再去流浪。”

当俄狄浦斯和他的女儿又单独在一起的时候，他向复仇女神

「专家解疑」
明察秋毫：形容为人非常精明，任何小问题都看得很清楚（秋毫：秋天鸟兽身上新长的细毛，比喻微小的事物）。

「名师点拨」
俄狄浦斯曾为了逃脱厄运四处奔走，最终却无法逃脱命运的罗网，这表现出命运的邪恶性，也揭示出这一人物的悲剧性。

「智慧引路」
落魄又双目失明的俄狄浦斯非常需要帮助，如果农民不肯帮助他，可以想象他的无助。这启示我们，自己的举手之劳对他人可能是极大的帮助，所以请不要漠视或视而不见。

祈祷说：“你们令人恐惧，然而你们也是慈悲的，现在就请指示我生活的道路吧！发发慈悲吧，你们这些黑夜的女儿！哦，可敬的雅典城啊，可怜可怜站在你面前的国王俄狄浦斯的影子吧，他本人的躯体早就死了！”

「名师点拨」无辜的俄狄浦斯承担了父母的过错带来的恶果，承担了不近人情的神灵的诅咒，但是他无处申辩，无法反驳，可见他是多么无助。

他们不会单独留在那儿多长时间。听说有一个仪表令人尊敬的盲人来到这个不准凡人踏入的复仇女神的圣林，村里的长老们很快就聚集到了他的周围。这些人听这个盲人说他是一个被命运女神捉弄的人时，不禁更惊慌了。他们害怕，他们要是容许一个受神惩罚的人在这座圣林中逗留太久，自己也会招来神的震怒，所以他们就叫他马上离开这个地方。俄狄浦斯迫切地恳求他们不要把他从他流浪的目的地赶走，这个目的地是神谕规定的。安提戈涅也和他一起恳求他们。“假如你们不愿意怜悯我白发苍苍的父亲，”这个少女说，“那么，看在我这个无辜受罪的背井离乡人的分上，把他收留了吧。请你们赶快同意收留我们吧！”

「专家解疑」逗留：暂时停留。

当双方正在对话，村民们正犹豫不决，摇摆在同情外来人和惧怕复仇女神之间的时候，安提戈涅看见一个女子骑着一匹小马走来，一个仆人骑马跟随在后。“这是我的妹妹伊斯墨涅！”安提戈涅惊喜地说，“她肯定给我们带来了家乡的新消息！”

「名师点拨」伊斯墨涅的突然出现，暗示我们一定发生了什么事情，为下文设下伏笔，让情节发展充满起伏。

顷刻间，那个女子，被放逐的国王的小女儿，来到他们面前，给父亲带来了有关忒拜情势的消息。俄狄浦斯的两个儿子在国内正陷在自己惹来的困境中。一开始，由于家族的诅咒一直威胁着他们，他们都想把王位让给舅舅克瑞翁。然而，对他们父亲的印象越来越淡薄之后，这种让出王位的冲动也就消失了。他们心里滋生了对权力和国王的威严的渴望，随之而来的便是彼此失和成仇。波吕尼刻斯由于拥有长子继承权先做了国王。然而弟弟厄忒俄克勒斯不满意兄长所建议的轮流执政，便煽动人民叛乱，把他的哥哥驱逐出境了。根据忒拜城里的传言，波吕尼刻斯是逃到了伯罗奔尼撒的阿耳戈斯。他在那里成了国王阿得剌斯托斯的乘龙快婿，结交了朋友和盟邦，扬言征战报仇，正威胁着他的祖国。

「名师点拨」对权力的欲望让两兄弟反目成仇，我们看到，希腊神话将人类的众多缺点直接呈现出来，为我们提供了很多宝贵经验与教训。

这时候，一道新的神谕又传开了，说俄狄浦斯的儿子没有父亲就会毫无成就。如果他们珍惜自己的幸福，无论父亲是死是活，他们必须寻找父亲。

「智慧引路」神谕虽然无情、刻薄，可也有一定的道理蕴含其中，这里正是要孩子们敬爱自己的父母。这也警示我们，父母是最爱我们的人，也是让我们受益终生的人。

科罗诺斯人听了这话无不惊愕。俄狄浦斯站起身来。“我的情况原来如此，”他说，他那双目失明的脸上闪着光辉，“他们要到一个被放逐者，一个讨乞者这里来寻求帮助？现在我是个废物了，他们却要找我了？”“就是这样，”伊斯墨涅继续报告她的消息，“父亲，正是因为这个缘故，我们的舅父克瑞翁很快就要到这里来，我是赶在他前头来的。他是想说服你，只把你带到忒拜地区的边界，如此，既可满足神谕的要求，又对他本人和我的哥哥厄忒俄克勒斯有好处，而你的出现又不会亵渎忒拜城。”

「专家解疑」亵（xiè）渎（dú）：轻慢；不尊敬。

“你这是从谁那儿听说的？”父亲问。

“是从去得尔福朝圣的人那里听来的。”

“如果我死在忒拜的边界，”俄狄浦斯接着问，“他们会把我葬在忒拜的国土上吗？”

“不会，”她答道，“你的血债不容许这样做。”

“那么，”年老的国王愤慨地高声说，“他们也就永远得不到我！假如他们认为统治欲比对父亲的爱还要重要，那么神永远也不会使他们免除彼此的仇视。如果他们的争端要靠我的决定来解决，那么，无论是现在在王座上的执政者还是被驱逐者，都不可能再见到自己的祖国！只有这两个女儿才是我真正的后人！让我的罪过在她们心中死灭吧，我要为她们向天神祈福！好心的朋友们呀，我要为她们请求你们的保护！”

「哲理名言」
假如他们认为统治欲比对父亲的爱还要重要，那么神永远也不会使他们免除彼此的仇视。如果他们的争端要靠我的决定来解决，那么，无论是现在在王座上的执政者还是被驱逐者，都不可能再见到自己的祖国！

俄狄浦斯和忒修斯

接着，忒修斯来了。他亲切而恭敬地走向这个失明的外乡人，用温存体贴的话跟他攀谈：“可怜的俄狄浦斯，你的命运我清楚，你那双刺瞎的眼睛已经告诉了我你是什么人，你的不幸深深地触动了我的灵魂。请你告诉我，你是如何来到本城的，你找我有什么事。不管你让我帮助你什么，我都会答应的。我没有忘记，我和你一样也是在异国他乡长大，经历过无数艰难险阻。”

“从这短短的几句话里我已经看出你的灵魂有多么高尚，”俄狄浦斯答道，“我到这里来，是要向你提出一个请求，这个请求其实也是一份捐赠。我要把我疲惫不堪的身体送给你，自然，这是一项微不足道的财产，然而也是一项很宝贵的财产。你把我埋葬了，

「专家解疑」
微不足道：非常渺小，不值得一提。

你的仁慈宽爱会带给你很大的酬报。”

「专家解疑」恩惠：给予的或受到的好处。

“你所恳求的恩惠实在是太微小了，”忒修斯惊讶地说，“请你提出更好更高的要求吧，所有的要求我都会满足你。”

“这个要求并不像你所想的那么微小，”俄狄浦斯继续说，“为了我苦难深重的身体，你将经受一场战争的考验。”

「名师点拨」即使可能经受战争的考验，忒修斯依然留下了俄狄浦斯，由此衬托出他善良、仁慈的明主形象。

「名师点拨」此处揭示了俄狄浦斯悲剧命运的最终结局，这是一种悲壮的战胜命运的方式，而只有这样俄狄浦斯才能获得心灵的平静。

俄狄浦斯向他讲述了他如何遭到放逐，如今他的亲属又怎样为了一己私利想要找到他，所以他就恳求忒修斯能给他大胆的援助。忒修斯聚精会神地倾听了他的叙述，随后庄重地说：“我的王宫大门对每一个外乡的客人都是敞开着的，所以我就不能把你排除在外。何况你是神明引到我的家乡来的，并且你还答应祝福我和我的国家，我怎么能不接待你呢！”他让俄狄浦斯自己选择：是随他到雅典去，还是就留在科罗诺斯这里做客。俄狄浦斯选择了第二个方案，因为命运规定他要在他此刻驻足的地方战胜他的仇敌，荣耀地走完他生命的最后历程。雅典国王忒修斯答应尽力给他最大的保护之后，便回城了。

俄狄浦斯和克瑞翁

没多久，忒拜的国王克瑞翁带着他的武士闯入科罗诺斯，急速奔到俄狄浦斯面前。“我进入阿提刻地区，你们一定觉得十分意外，”他转身对聚集过来的村民说，“请你们不要发怒，我还不至于幼稚到敢于向希腊最强大的城市挑战的地步。我是一个老人，我只是受我国人民的差遣到这里来劝说这个人跟我回忒拜去。”说完克瑞翁又转向俄狄浦斯，花言巧语地对俄狄浦斯和他的两个女儿的苦难命运表示同情。

不过俄狄浦斯将行杖向前一伸，不让克瑞翁走近。“无耻的骗子，”他喊道，“如果你到这里来把我抓住带走，这不过是在我悲苦的伤口上加一把盐啊！别指望通过我解放你的城市，使你们免受迫在眉睫的惩罚。我不会跟你们走的，我只会把复仇的恶魔派给你们。我那两个忤逆的儿子只能在忒拜占有埋葬他们的那一点点土地！”克瑞翁想要用武力抢走这位失明的国王，但科罗诺斯的公民都起来反对他，他们根据忒修斯的嘱托，不准许他把俄狄浦斯劫走。

那时候，在混乱中，忒拜人根据主人的示意，抓住伊斯墨涅和安提戈涅，从她们的父亲身边拖走。这些歹徒驱散反抗的科罗诺斯人，拖着两姐妹跑掉了。克瑞翁却嘲笑地说：“我至少夺走了你的依靠。你这个瞎子呀，试试看，你再继续流浪呀！”克瑞翁因为胜利胆子壮了一点，又走向俄狄浦斯准备动手，这时忒修斯赶来了。他听说并亲眼看到了这一切，马上派人徒步和骑马追赶被劫走的两姐妹。忒修斯对克瑞翁宣称，他不把俄狄浦斯的两个女儿放回来，就不放他走。

「专家解疑」
花言巧语：①指虚假而动听的话。②说虚假而动听的话。

「智慧引路」
面对克瑞翁的花言巧语，俄狄浦斯并没有迷失。由此告诉我们，表象往往具有迷惑性，需要我们独具慧眼去识破背后的真正意图。

「名师点拨」
克瑞翁是一个非常虚伪的人，此刻克瑞翁的阴险、狡诈嘴脸充分暴露出来。这句语言描写生动地刻画出了人物形象。

俄狄浦斯和波吕尼刻斯

「名师点拨」
这句话具有引起下文的作用，在如此曲折起伏的情节发展中，展现出俄狄浦斯命运的多变与复杂性。

虽然如此，俄狄浦斯还是没有得到安宁。忒修斯带来追回两姐妹的队伍报告的消息：俄狄浦斯的一个亲人现已来到科罗诺斯，正在附近忒修斯刚刚献祭过的波塞冬神庙祭坛前跪地祈祷。

“这是我可恨的儿子波吕尼刻斯，”俄狄浦斯生气地喊道，“听他说话，我受不了！”不过安提戈涅认为这个哥哥还是比较温和、友善的，一直比较喜欢他，因此劝她父亲息怒，说至少可以听听这个不幸的儿子说些什么。

「好词好句」
截然不同
泪流满面
*儿子抬头看着父亲，痛苦地看到父亲一身行乞者的褴褛衣服，凹陷的眼睛，不加梳理地在微风中飘散着的灰白头发。

一露面，波吕尼刻斯采取了和他舅父克瑞翁截然不同的态度。安提戈涅赶忙让他失明的父亲注意到这一点。“我看见那个青年一个人走过来！”安提戈涅大声说，“他是泪流满面的呀。”“是他吗？”俄狄浦斯问，同时把头转开。“爸爸，是他，”这个善良的妹妹答道，“你的儿子波吕尼刻斯到了你面前了。”波吕尼刻斯跪在父亲面前抱住他的双膝。儿子抬头看着父亲，痛苦地看到父亲一身行乞者的褴褛衣服，凹陷的眼睛，不加梳理地在微风中飘散着的灰白头发。

「专家解疑」
罪孽（niè）：应受到报应的罪恶。

“哦，所有这一切情形我知道得太晚了，”他高声说，“哦，我懊悔呀，我忘记了父亲！没有妹妹的照顾，你还说不定会怎么样呢？父亲呀，我对你犯下了深重的罪孽，你能饶恕我吗？你沉默吗？你倒是说话呀，父亲！别怒气不消呀！哦，亲爱的妹妹，你们倒是帮我劝劝，让父亲说话呀！”

“还是你先说说，哥哥，你到这里来是干什么吧！”温柔的妹妹说，“说不定你的话会使他开口发言呢！”

波吕尼刻斯告诉他们，他如何被他兄弟驱逐出来，如何在阿耳戈斯被国王阿德剌斯托斯收容，娶他女儿为妻，他在那里怎样争取到与率领七倍于他的军队的七个王子结成联盟，来为他的正义事业征战，现在已经把忒拜地区团团围住。说到了这里，他泪流不止地请求父亲随他启程回归故里，待父亲帮他推翻他那个狂妄的弟弟，父亲就可以第二次从儿子手中接过忒拜国的王冠。

然而深受伤害的父亲并没有因儿子的悔悟而回心转意。“卑鄙的小人！”父亲说，并没有把跪在地上的人扶起来，“当王位和王杖在你手中时，你把父亲赶出了家园，让他穿上乞丐的衣衫。如今，同样的灾难落到你头上了，你才不忍心看他这一身打扮了！你们兄弟俩算不得我真正的儿子。如果我依靠你们，早就死了。只因为有女儿的照料，我才活下来。神的惩罚已经在等着你们了。你灭不了你的故乡城。你将死在你的血泊里，你的兄弟也一样。你将带给你的那些盟友王子这些消息！”

在父亲痛骂时，波吕尼刻斯惊恐地从地上站起来，往后退了几步。此刻，安提戈涅走到哥哥跟前，非常明智地对他说：“听我一句诚心诚意的劝告吧，波吕尼刻斯！带着你的军队撤回阿耳戈斯，别把战争带给你的故乡城！”

“这是不可能的，”他迟疑一会儿，答道，“逃避只能带给我耻辱，甚至毁灭！即便我们兄弟俩都面临灭顶之灾，我们也不会重

「专家解疑」
收容：（有关的组织、机构等）收留。

「好词好句」
回归故里
回心转意
*当王位和王杖在你手中时，你把父亲赶出了家园，让他穿上乞丐的衣衫。如今，同样的灾难落到你头上了，你才不忍心看他这一身打扮了！

「名师点拨」
虽然波吕尼刻斯意识到了自己抛弃父亲的罪孽，但是他仍坚持着与弟弟的战争，甚至不惜两败俱伤。可见，他仍然执迷不悟，这也是俄狄浦斯没有原谅他的儿子的原因。

归于好！”说完他就转过身去，不跟妹妹拥抱，绝望地冲了出去。俄狄浦斯就这样经受住了来自两方面亲属的诱惑，把他们丢给了复仇之神。如今，他个人的命运到此为止了。霹雳一声接着一声从天上滚滚而来。这位老人明白这声音是什么意思，他渴望见到忒修斯。整个地区都笼罩在雨骤风狂的黑暗里。一种难以抵抗的恐惧攫住了失明的国王；他害怕他不能活着或毫不心慌地见到把他待为上宾的朋友，不能对这位东道主的感情报以深深的感激。

「好词好句」
滚滚而来
雨骤风狂
* 一种难以抵抗的恐惧攫住了失明的国王；他害怕他不能活着或毫不心慌地见到把他待为上宾的朋友，不能对这位东道主的感情报以深深的感激。

忒修斯终于赶到，俄狄浦斯向他道出了他对雅典城的祝福。接着，他跪下请求忒修斯国王遵从神的旨意，单独陪伴他到他应该归阴的地方去，且不能让任何凡人的手碰他，只准忒修斯看着他。他还不准忒修斯告诉任何人他离开人间的处所，他要让吞没他的这座坟墓永远无人知晓，这样，它就会变成一种防御雅典一切敌人的武器，胜似利矛坚盾和一切盟友。俄狄浦斯容许他的两个女儿和科罗诺斯的居民陪他走一程，但谁也不准碰他。本来还由女儿拉着的盲人好像骤然变成了一个明眼人，昂首健步走在所有人的前面，他把那条通向命运女神所规定的目的地的道路指给大家。

「名师点拨」
俄狄浦斯已经想好了死后的所有事情，命运虽对他不公，他却以仁慈对待世人，由此，更加突显出这一人物的悲剧性。

在复仇女神的圣林里，人们看见一个裂开的地洞，入口有青铜的门槛，有许多纵横交错的路与它相通。自古以来就传说这个洞穴是进入地府的一个入口。俄狄浦斯在一条弯曲的小路上走着，拒绝别人陪他走到洞口。他在一棵空心的树下停住脚步，坐到一块石头上，解开系在他那肮脏的褴褛衣衫上的腰带。接着他要来

「专家解疑」
骤（zhòu）然：突然；忽然。

一些流动的水，洗去他长期流浪黏在身上的污垢，穿上女儿从近处住宅给他带来的华丽服装。

当他换完服装，像变了一个人一样站在那里的时候，隆隆的雷声从地下传来。他的两个女儿浑身颤抖着扑到他的怀里。*俄狄浦斯搂住她们，亲吻她们，说：“孩子，再见！从今天起你们就没有父亲了！”*

「智慧引路」 俄狄浦斯即将接受他最终的宿命，他最舍不得的就是他的两个善良的女儿。这启示我们，应当爱我们的父母，珍惜与父母在一起的每一时刻。

俄狄浦斯正拥抱着两个女儿，一种不知是从天上还是从地下传来的雷鸣般的声音惊醒了他们。那是一声叫喊：“俄狄浦斯呀，因何还在拖延时间？因何还迟疑不走？”当这位失明的国王听到这个声音，知道是神要把他带走时，他便推开女儿们的手臂，请忒修斯国王走到他面前，把两个女儿的手放在忒修斯的手里，托付他永远保护她们。接着他让其他人都转身离去，只允许忒修斯陪他走向那个敞着的洞口。

在他们二人背向众人走了很长一段路以后，他的女儿和随同者才遵嘱回过头来看。此刻，他们惊呆了：俄狄浦斯消失了。没有了电闪雷鸣，没有了横扫一切的狂风，只有一片深沉的寂静。地府黑洞洞的门槛仿佛轻轻地无声地为他开放，这位得到解脱的老人既不悲叹也不痛苦，他进入大地的裂罅，被拖到了地府的深处。忒修斯闭着眼睛，给人一种神圣而不可侵犯的感觉。做了简短的祈祷之后，忒修斯国王转身走到俄狄浦斯的两个女儿跟前，说他一定会像父亲一样保护她们，然后把她们带回雅典去了。

「名师点拨」 俄狄浦斯死之前的电闪雷鸣与死之后的平静形成强烈反差，由此渲染了一种悲壮气氛。

「专家解疑」 罅（xià）：缝隙。

名家品评

俄狄浦斯不仅是在希腊文学中，甚至在外国文学史上也是一个典型的悲剧命运人物。他是希腊神话中忒拜国王拉伊俄斯与王后伊俄卡斯忒的儿子，在不知情的情况下，他杀死了自己的亲生父亲并娶了自己的母亲。这则传说，表现了主人公俄狄浦斯的勇敢、正直、善良、敢于承担责任，同时也表现出人的意志与命运之间的矛盾。

阅读思考

1. “弑父娶母”的神谕是因何而来的？

2. 真相大白后，俄狄浦斯经历了怎样的遭遇？

3. 俄狄浦斯最终的结局是怎样的？你是怎样理解这一人物形象的？

特洛伊的传说

赫拉克勒斯曾经占领了特洛伊，并在国王普里阿摩斯幼时抢走了他的姐姐。普里阿摩斯对此耿耿于怀，国王的儿子帕里斯遂决定去希腊把父亲的姐姐抢回来。谁知，在抵达斯巴达时，帕里斯被王后海伦迷住了，于是不顾一切抢走了这个当时最美的女人，由此导致希腊与特洛伊长达十年的战争。这到底是怎么回事呢？

特洛伊城的建造

「名师点拨」
得墨忒耳是希腊神话中司掌农业的谷物女神，也被称作丰饶女神。公元前6世纪~公元前5世纪，她在奥林匹斯众神当中占有重要的位置。

在爱琴海上，有一个小岛，小岛的名字是萨摩特拉刻。在这里，住着两兄弟：伊阿西翁和达耳达诺斯。伊阿西翁和达耳达诺斯的父亲是众神之神宙斯，母亲是厄勒克特拉。在这两兄弟中，伊阿西翁的品格有些不好，并且经常认为自己是众神之神的儿子，是非常了不起的人。所以，他放肆地向得墨忒耳女神展开了追求，并且说要让得墨忒耳做自己的妻子。最后，伊阿西翁的这种没有任何禁忌的行为终于遭到了惩罚：宙斯用一个闪电将妄自尊大的伊阿西翁劈死了。而达耳达诺斯看到自己的兄弟就这样死去了，非常伤心。过了一段时间后，难过的达耳达诺斯还是无法从巨大的悲伤中走出来。最后，他离开自己的家乡，到了密西亚海岸。

「名师点拨」达耳达诺斯始终无法走出悲伤，为此不得不远走他乡，从中可以看出他对自己的兄弟深深的爱。

在密西亚海岸，统治着这里的是透克洛斯。当达耳达诺斯来到这里的时候，作为国王的透克洛斯非常友好地招待了他。而且透克洛斯还将自己的女儿嫁给了达耳达诺斯，并给了他一块土地。在这块土地上，达耳达诺斯和自己的妻子一起创造出了一片居民

地。最后，这块居民地还被命名为达耳达尼亚。从此以后，透克里亚人也被称为达耳达尼亚人。到了达耳达诺斯的孙子特洛斯统治这个国家的时候，国家的主要集居地就是特洛伊。所以，后来一共有四种称谓来称居住在这里的人，分别是透克里亚人、达耳达尼亚人、特洛伊人、特洛尔人。

「名师点拨」此处交代了特洛伊出现的源头，虽然其真实性不能得到考证，但是却提供了一份非常珍贵的资料与思考方法。

伊罗斯是特洛伊国王的大儿子，在特洛伊国王死后，继承他的王位的就是伊罗斯。伊罗斯是一个非常勇猛的人，在一次去邻国的访问中，弗里吉亚正好有一场竞赛。于是，弗里吉亚的国王邀请伊罗斯说：“高贵的伊罗斯，现在，我们这里有一个非常棒的竞赛。我想，你一定很感兴趣吧！现在，就请你和我一起去竞赛的地方吧！这样，也可以让我们见识一下你勇猛的样子啊！”对于弗里吉亚的国王的邀请，伊罗斯并没有拒绝，而是和国王一起去了竞赛的地方。在这次的角斗比赛中，伊罗斯成了最后的胜利者。除了得到了让人羡慕的荣誉，他还得到了 100 个少男少女，其中，男女各占一半。除此之外，还有一头浑身长着五颜六色的牛毛的牛。在国王将这头牛交给伊罗斯的时候，他还给了伊罗斯一个非常古老的神谕，神谕的内容是：“当伊罗斯将这头牛带走的时候，无论这头牛在哪里躺下，那么，伊罗斯都要在这个地方建立一座城堡。”

「名师点拨」从伊罗斯并未拒绝竞赛可以看出他的自信，而最后他赢得胜利，则表现出他的勇猛，这一人物形象由此得到生动刻画。

当伊罗斯将这头牛赶离这里的时候，牛走在前面，伊罗斯跟在后面。随后，这头五彩斑驳的牛躺在了这个国家最大的集居地——特洛伊。最后，伊罗斯就真的在特洛伊的一个小山丘上建

「专家解疑」斑驳：一种颜色中杂有别种颜色，花花搭搭的。

立了伊利昂城堡。在伊罗斯要建造伊利昂城堡前，他已经先请众神之神宙斯给过自己一个征兆，看作为祖先的宙斯是否喜欢自己在这里建造一座这样的城堡。在他乞求宙斯后的第二天，当伊罗斯来到自己的帐篷前的时候，他看到了宙斯给他的征兆：一幅三肘高，两脚靠拢在一起，左手拿着纺线竿和纺锤，右手拿着长矛的雅典娜女神像。

「专家解疑」
征兆（zhào）：征候；先兆。

这幅雅典娜女神像是有一定的意义的，并不是没有任何缘由地就落到了这里。传说，智慧女神雅典娜出生后并不是在众神之神宙斯的身边长大的，而是在海神的儿子特里同的身边长大的，所以，女神雅典娜和海神的女儿帕拉斯非常亲密。但有一天，不幸的事情发生了：因为帕拉斯和雅典娜在玩战争的游戏，所以，她们开始了真正的战斗。*就在帕拉斯的矛尖刺中雅典娜的那一刻，在天上的宙斯立刻用自己那用山羊皮制成的神盾，将帕拉斯向前刺去的矛尖挡住了，不幸的是，虽然雅典娜没有发生任何事情，但她亲密的伙伴帕拉斯却被她杀死了。*为此，智慧女神雅典娜非常伤心。为了永远记住自己的伙伴，雅典娜就为她的伙伴制造了一幅非常逼真的肖像。除此之外，还让她穿上了一副胸甲，这副胸甲是用和宙斯的盾牌一样的羊皮制成的，这就是人们所说的神盾。在这幅肖像做好后，雅典娜就将这幅肖像画放在了宙斯神柱的旁边，以此来表达自己对帕拉斯的崇高敬意。而智慧女神也将自己的名字改为帕拉斯·雅典娜。在宙斯将这幅画投到伊利昂城堡前，他是经过了雅典娜的同意的。宙斯之所以会将这幅画给伊

「智慧引路」
智慧女神雅典娜是宙斯的女儿，但宙斯保护雅典娜的行为却有些过了头。这启示我们，不要因为爱失去理智，以致在爱的名义下做出伤害他人的事情。

「名师点拨」
雅典娜在帕拉斯死后，为她制作了肖像画，并且在名字前加上了“帕拉斯”，由此表现出她对帕拉斯的愧疚与深厚感情。

罗斯，主要是想要暗示伊罗斯：他会得到宙斯和智慧女神雅典娜的庇护。

「专家解疑」
庇（bì）护：袒护；保护。

在伊罗斯和欧律狄克结婚后，很快，他们就有了一个儿子，他就是拉俄墨冬。拉俄墨冬不仅天生性格有些乖僻暴戾，而且还经常蒙蔽众神，甚至于说一些假话来欺骗自己的子民。他想要将并不坚固的特洛伊像围城堡一样围起来，让特洛伊成为一个真正的城堡。在此期间，因为阿波罗与波塞冬不顾宙斯的命令，做了违反宙斯规定的事情，所以，他们被赶出了天庭。自从他们被宙斯赶出天庭，阿波罗和波塞冬就开始了在尘世间的飘荡。最后，由于宙斯的意志，阿波罗和波塞冬来到了特洛伊，并帮助拉俄墨冬建造城墙。就在城墙要开始建造的时候，阿波罗和波塞冬就来到了伊利昂的附近。他们见到了国王，并与国王达成了关于报酬的协议，于是立刻开始了建筑工作。

「好词好句」
坚不可摧
拔地而起
*他想要将并不坚固的特洛伊像围城堡一样围起来，让特洛伊成为一个真正的城堡。
*自从他们被宙斯赶出天庭，阿波罗和波塞冬就开始了在尘世间的飘荡。

在波塞冬的领导之下，围墙矗立起来，一道坚不可摧的保卫工事拔地而起。同时，福玻斯·阿波罗去伊得山沟壑蜿蜒和丛林密布的山谷中放牧国王的牧群。他俩答应用这种方式为国王服务一年。

然而，当威严的城墙已经建成时，狡诈的拉俄墨冬却拒绝付给他们全部的报酬。阿波罗对他进行严厉的斥责，国王则要把他们赶走，威胁说要捆上福玻斯的手脚，还要割下两个神的耳朵。*他们极为愤怒地离开了，成了特洛伊国王和民众的死敌。*

「智慧引路」
因为狡诈的拉俄墨冬违背承诺，致使特洛伊的命运前途未卜，为下文的发展埋下伏笔。这同时警示我们要信守诺言，这既是良好的品质，也会令你一生受益。

一直是这座城市保护者的雅典娜也弃它而去，现在这座刚建好高大城墙的都城和它的国王以及人民都被弃置，交付诸神去加以蹂躏。

「专家解疑」
蹂(róu)躏(lìn)：践踏，比喻用暴力欺压、侮辱、侵害。

海伦被劫

当国王普里阿摩斯还是一个柔弱的孩子时，赫拉克勒斯把拉俄墨冬杀死了，占领了特洛伊，还把普里阿摩斯的姐姐赫西俄涅作为战利品抢走，并转赠给他的朋友忒拉蒙。尽管这位英雄让她做自己的妻子并让她成为萨拉弥斯的女王，不过普里阿摩斯和他的家族仍这次掠夺仍耿耿于怀。有一次，在王宫中又提起这次劫掠的话题，普里阿摩斯陷入对他身在远方的姐姐的深深思念中。*这时帕里斯声称，若要给他一支舰队前往希腊，借助神的帮助，就能用武力从敌人那里把父亲的姐姐抢回来，并光荣地凯旋。*他希望女神阿佛洛狄忒能帮助他，所以向父亲和兄弟们讲述了他在放牧时的遭遇。原来，帕里斯曾卷入了赫拉、雅典娜、阿佛洛狄忒之间的女神之争，并裁决了阿佛洛狄忒是最美的女人，由此获得“金苹果之约”，能够得到世上最美的女人。普里阿摩斯本人现在不再怀疑他的儿子帕里斯得到了上天的特别庇护，就是得伊福玻斯也完全相信，如果他的兄弟全副武装出现在希腊人面前时，他们一定会赔罪谢过，并把赫西俄涅交还给他。

「专家解疑」
耿(gěng)耿于怀：事情（多为令人牵挂的或不愉快的）在心里，难以排解。

「智慧引路」
帕里斯希望借神的帮助抢回父亲的姐姐，但要做成一件事，最主要的应是依靠自己的力量，这启示我们要懂得自食其力。

特洛伊有一个名叫赫勒诺斯的人，他也是一个预言家。他预言并肯定，假如他的兄弟帕里斯从希腊带回一个女人的话，那希腊人就会前来特洛伊，把这座城市毁灭，并把普里阿摩斯的所有

「名师点拨」
神谕在这里起到的是告诫的作用，让普里阿摩斯等人谨慎行事。而这一预言也让情节发展出现转折，为文章设置了悬念。

儿子全部杀死。这个预言成了会议上争论的焦点。普里阿摩斯和赫卡柏的最小儿子特洛伊罗斯对他哥哥的预言根本不予理睬，并痛斥他的胆怯，他提出不要为战争的威胁所吓倒。其他人显得犹豫不决，但是普里阿摩斯由于深切思念他的姐姐，他支持儿子帕里斯。

「专家解疑」
理睬：对别人的言语行动表示态度；表示意见（多用于否定式）。

国王召开了一次国民大会，在会上普里阿摩斯声称，他从前派遣过一个使者团在安忒诺耳率领下前往希腊，要求他们为掠夺他的姐姐谢罪并把她交还回来。可那时安忒诺耳被屈辱地赶了回来。不过现在他想，若是全体人民同意，就派自己的儿子帕里斯带领一支雄壮的队伍前往希腊，用武力去取得用善意得不到的东西。为了支持这项提议，安忒诺耳站起来，愤怒地诉说了他本人作为和平使者在希腊所忍受的侮辱，并描述了希腊人在和平时期的傲慢和在战争中的无能。

「智慧引路」
普里阿摩斯还是有着理智的一面的，会思考事情可能带来的坏处。我们也是一样，凡事不可草率行事，要经过仔细考虑后再行动。

人民的狂热因他的这番言辞被激起，他们高呼战争。然而，*聪明的国王普里阿摩斯却懂得不能草率行事，他要求每一个人说出心中对这件事的一个忧虑。*这时特洛伊最年长的一个老人潘托俄斯在集会上站了起来，他讲述了他那受过神谕教导的父亲在他是一个年轻人时所听到的事情：如果拉俄墨冬家族中一个国王的儿子从希腊带回一个妻子时，那特洛伊人就面临被完全毁灭的危险。“所以，”他结束了他的讲话，“不要让我们为虚幻的战争荣耀所迷惑，朋友们，我们宁愿在和平和安宁中生活，而不要进行战争冒险，并最终丧失自由。”然而人民对这个提议不满，他们向他们的国王高喊，不要听取一个老人的胆怯言辞，要去做他

「哲理名言」
不要让我们为虚幻的战争荣耀所迷惑，朋友们，我们宁愿在和平和安宁中生活，而不要进行战争冒险，并最终丧失自由。

心中已经决定要做的事情。

所以普里阿摩斯下令装备战船并派他的儿子赫克托耳到弗里吉亚，派帕里斯和得伊福玻斯到邻国斐俄尼亚，征集结盟的士兵。他也把特洛伊能拿起武器的男人组织起来准备参加战斗，这样不久就聚结起一支强大的军队。国王吩咐他的儿子帕里斯做统帅，要他的兄弟得伊福玻斯、潘托俄斯的儿子波吕达玛斯和他的亲戚——英雄埃涅阿斯辅佐他。这支强大的舰队向大海进发，朝希腊岛屿库忒拉驶去，他们想先在那儿登陆。中途舰队遇到了斯巴达国王墨涅拉俄斯的舰队，他正向皮罗斯进发，去拜访贤明的涅斯托耳。墨涅拉俄斯见到这支壮观的舰队感到非常惊讶，而特洛伊人瞥见这支华美的船队也十分好奇；这支舰队装饰得格外堂皇富丽，显然它乘载的是希腊的有名王公。但双方并不认识，每一方都在思索，那一方要驶向何处，这样他们就错身而过，分道扬镳了。

「名师点拨」
普里阿摩斯信誓旦旦，并很快聚结起一支强大的军队，由此可见普里阿摩斯对这件事的认真与重视。

「好词好句」
华美
堂皇富丽
*但双方并不认识，每一方都在思索，那一方要驶向何处，这样他们就错身而过，分道扬镳了。

特洛伊舰队顺利地抵达库忒拉岛。帕里斯要从这里向斯巴达进发，并同宙斯的儿子卡斯托耳和波吕丢刻斯进行交涉，以接回赫西俄涅。如果希腊英雄们拒绝交还，那他就遵照父亲的命令，把舰队开向萨拉弥斯，并用武力把王后抢回来。

「专家解疑」
交涉：跟对方商量解决有关的问题。

而帕里斯在前往斯巴达之前，先要在一座供奉阿佛洛狄忒和阿耳忒弥斯的神庙里献上祭品。

这期间岛上的居民将这支强大舰队的出现向斯巴达做了通报，此时在斯巴达，因国王墨涅拉俄斯不在而由王后海伦主政。海伦是宙斯和勒达所生的一个女儿，是卡斯托耳和波吕丢刻斯的妹妹，她是那时最美的女人。当她还是一个娇柔的女孩时就被忒修斯抢走，不过又被她的哥哥夺了回来。当她在她的继父斯巴达国王廷达瑞俄斯身边长成个如花似玉的少女时，她的美貌吸引来一大批求婚者。然而国王害怕他挑选其中一个做女婿的话，其他人将成为敌人。于是希腊众英雄中最聪明的伊塔刻国王俄底修斯给他出了个主意，所有求婚者都盟誓为证，用手中的武器保护被选中的新郎，来反对任何一个因这次婚姻而对国王心怀敌意的人。廷达瑞俄斯接受了这个劝告，他让所有求婚者都立下誓言，所以他本人选中阿特柔斯的儿子墨涅拉俄斯做他女儿的丈夫，并把斯巴达这片国土交给他统治。海伦给她的丈夫生了一个女儿赫耳弥俄萨，当帕里斯向希腊进发时，赫耳弥俄萨还躺在摇篮里。

「名师点拨」失落的求婚者甚至可能因此引发战争，这段话侧面烘托出海伦的美丽，这比直接地描写海伦的美貌更加形象、具体。

美丽的王后海伦在她丈夫不在期间独自一人在宫殿里百无聊赖地消磨时光。如今，当她得到通报，说一个异国王子率领一支舰队到达库忒拉岛时，被好奇心驱使，她要去看看这个陌生人和他的武装随从。之前，她曾在库忒拉岛上的阿耳忒弥斯神庙里有过一次庄重的祭祀仪式。她在踏入庙堂时，正赶上帕里斯献完了他的祭品。当帕里斯一看到王后进来时，他就垂下了举起祈祷的双手，因惊愕而六神无主，因为他认为他又看到了阿佛洛狄忒本人。他早就听到了海伦美貌的传闻，帕里斯一直渴求在斯巴达目睹她的风采。可他认为爱神所许诺给他的女人一定比所描述的海伦要美丽得多；而且他想到许诺给他的美女是一个处女，而不是另一

「专家解疑」百无聊赖：精神无所依托，感到非常无聊。

「名师点拨」这是一段神态描写，借助“惊愕”“六神无主”，表现出帕里斯初次见到海伦时的慌乱与震惊，突显出他被海伦深深吸引的模样。

个人的妻子。不过现在，他亲眼看到了斯巴达女王并将她的美与爱神的美比较了一下。此刻他突然明白了，阿佛洛狄忒为他的裁决许诺给他的报酬就只能是这个女人。他父亲的委托，他这次征伐的目的，在这一瞬从他的脑海里消逝得没了踪迹。他觉得他同他的士兵就是为了劫掠海伦而来。在他因她的美貌而失神伫立的同时，王后海伦也在观察这个英俊的亚细亚国王的儿子，他长着一头长发，身穿金黄色和紫色的东方式的华丽服装；她毫不掩饰她的好感。在她头脑中丈夫的容貌黯然失色了，取而代之的是这个年轻异国人英气逼人的形象。

「专家解疑」

踪迹：行动所留的痕迹。

「好词好句」

伫立

华丽

*在她头脑中丈夫的容貌黯然失色了，取而代之的是这个年轻异国人英气逼人的形象。

接着，海伦返回斯巴达，回到她自己的王宫，她试图从她的心中抹去这个英俊青年人的容貌，并希望她那个还一直逗留在皮罗斯的丈夫墨涅拉俄斯回到她的身边。不过代替的却是帕里斯本人的出现，他带着挑选出的随从到了斯巴达，同他的使者向国王宫殿走来。虽说国王并不在，然而墨涅拉俄斯的妻子殷勤地接待了这位客人，并给予他一个国王的儿子应有的礼遇。他的琴艺，他的动听的言谈和他的爱情之火搅乱了女王那颗不设防的芳心。当帕里斯看到她心旌飘摇时，马上就忘记了父亲和人民的委托，灵魂里有的只是爱情女神给予他极富诱惑力的许诺了。*他把那些武装起来与他一道来斯巴达的随从集合起来，鼓惑他们劫掠财富，用他们的帮助来实现自己的罪恶勾当。*接着他冲入王宫，把墨涅拉俄斯的财富掠夺一空，并把半是抗拒半是顺从的美丽的海伦劫往库忒拉岛。

「智慧引路」

为了得到海伦，帕里斯已经完全失去了理智，变得不择手段。这警示我们，做事情不要感情用事，而要顾全后果。

携带着他的诱人的战利品，他航行在爱琴海上，风突然停了，舰队将前面的海浪分为两半。古老的海洋之神涅柔斯从水中露出身来，他头戴芦苇花冠，鬈曲的长发和胡须上沾满了水滴，他向舰船喊出他诅咒的预言：“不祥之鸟伴着你们的航程，该死的强盗！希腊人就会带着大军追来，他们发誓要灭掉你们这群匪徒和普里阿摩斯的古老王国！痛苦啊，我看到多少马匹，看到多少人啊！雅典娜已经武装起来，戴起了盔甲，拿起了盾牌，还有她的愤怒！血腥的战争要持续多年，只有一个英雄的愤怒才能阻止你们城市的毁灭。只要时刻一到，希腊人的大火将会把特洛伊的房屋全部吞噬掉！”

「名师点拨」到此时，帕里斯的这次行动已经由正义变为贪婪与罪恶，所以受到了海洋之神的诅咒。

「专家解疑」吞噬(shì)：①吞食。②并吞。

老人说完了他的预言，重新沉到水里。帕里斯听到后十分恐慌。当海风重新又欢快地吹起来时，躺在劫来的女王怀抱之中的他不久就把诅咒忘掉了，整个舰队在克剌奈岛抛锚登陆，在这里墨涅拉俄斯的水性杨花、轻薄无行的妻子自愿与帕里斯结为夫妇。两个人都把故乡和祖国抛到脑后，用带来的财宝长期地骄奢淫逸，耽于欢乐。过了许多年，他们才返回特洛伊。

「名师点拨」此处描述帕里斯与海伦耽于欢乐的行为，表现出两人做事不顾后果的一面，如此既突出刻画了人物形象，也为情节发展埋下伏笔。

希腊人的集结

被派往斯巴达的使者帕里斯，犯下了反对人民权利和违反客人礼仪的罪恶行为，他的恶行马上产生了严重的后果，他把最强大的王室家族完全激怒了。坦塔罗斯的后裔，珀罗普斯的孙子，阿特柔斯的儿子，斯巴达国王墨涅拉俄斯，密刻奈国王阿伽门农。除了阿耳戈斯和斯巴达，其他大多数伯罗奔尼撒国家也都服从这两个力量强大的兄弟，他们和其余的希腊君主都是不错的盟友。

当墨涅拉俄斯从他在皮罗斯的老年朋友涅斯托耳那里听到他的妻子海伦被劫走的时候，这位义愤填膺的国王马上奔向密刻奈他兄弟阿伽门农那里。阿伽门农与他的妻子克吕泰涅斯特拉——海伦的异父同母的姐妹——是这儿的统治者，他分担了他兄弟的痛苦和仇恨，并安慰他，许诺让海伦的那些求婚者履行他们立下的誓言。为了让君主们参加征讨特洛伊的战争，两兄弟走遍了整个希腊。最先一批做出决定的有特勒波勒摩斯，罗得斯岛的著名国王，赫拉克勒斯的儿子，他提供了90艘战船用来讨伐丧心病狂的

「专家解疑」

义愤填膺(yīng)：胸中充满义愤。

履(lǚ)行：实践（自己答应做的或应该做的事）。

特洛伊城；有狄俄墨得斯，阿耳戈斯国王，不死的英雄提丢斯的儿子，他答应给 80 艘战船和最勇敢的伯罗奔尼撒人参加战斗。

这期间整个希腊都行动起来并听从阿特柔斯两个儿子的要求，到最后只有两个有名的国王还迟疑不决。一个是伊塔刻狡猾的俄底修斯，珀涅罗珀的丈夫，他不愿意为斯巴达国王的不忠妻子而远离自己年轻的妻子和他襁褓中的儿子忒勒玛科斯。所以，当墨涅拉俄斯的知心好友帕拉墨得斯与斯达巴国王前来时，他就装疯卖傻起来。他驾起一牛一驴拉犁，用那么极不匹配的牲口来耕田，他不是把种子而是把盐播撒在垄沟里。他让那两位英雄看到自己，以期避开可怕的战争。然而帕拉墨得斯能看穿世上人的一切花招诡计，在俄底修斯调转犁头期间，他偷偷地进入王宫，把俄底修斯的幼儿忒勒玛科斯从摇篮里抱来，放在俄底修斯正准备耕犁的地上。这时这位父亲小心地把犁抬过孩子的头上，两位英雄喊叫起来，证明他的理智健全。俄底修斯现在无法再拒绝参加这场征讨了，他答应从伊塔刻和邻近岛屿提供给墨涅拉俄斯国王 12 艘满载士兵的战船。另一个还没有同意参加的是阿喀琉斯，人们不清楚他在何处，他是珀琉斯与海洋女神忒提斯所生的年轻而英俊的儿子。他刚生下来时，他的母亲海洋女神也要把他变成一个神，所以不让他的父亲发现，夜里把他放到天火中烧炼，以便毁掉他从父亲身上承袭的非神的东西。白天她就用圣膏治愈他烧伤的部位。她每天夜里都这样做，然而有一次她丈夫偷偷地发觉了。看到儿子在火焰中发抖时，他叫了出来，这阻止了忒提斯完成她的

「专家解疑」
襁(qiǎng)褓(bǎo)：包裹婴儿的被子和带子。

「名师点拨」
虽然俄底修斯非常狡猾，但是这也反映出他对妻子与儿子的爱。

「名师点拨」
为了让俄底修斯加入战斗，两人竟想出了如此残忍的试探办法，由此衬托他们对海伦被抢走事件的愤怒，为特洛伊与希腊即将展开的战争制造了气氛。

计划。她沮丧地离开了没有成为神祇的未成年儿子，不再返回她丈夫的王宫，躲进海洋女儿们居住的潮湿的汪洋大海中去。而认为他的孩子受到致命创伤的珀琉斯把他从地上抱了起来，带到伟大的医生喀戎那里求医。喀戎是一个聪慧的马人，他曾教育出许多英雄。他因慈爱而接受了这个孩子，并以熊的骨髓和狮子与野猪的肝脏将他养大。

「名师点拨」阿喀琉斯是一个半神英雄，希腊联军第一勇士，而此处提到他的母亲将他变成神的失败，为后文阿喀琉斯之死埋下伏笔。

当阿喀琉斯 9 岁的时候，希腊的预言家卡尔卡斯说，远在亚细亚有一座特洛伊城，希腊的武器要把它毁灭，不过没有这个孩子是无法占领这座城市的。海底深处的他的母亲忒提斯知道了这个预言，她明白在这场战争中她的儿子会死去。*所以她重新从海洋中升出，偷偷进入她丈夫的宫殿，给儿子穿上女儿的服装，把他带到斯库洛斯岛吕科墨得斯国王那里，让他在国王的女儿们中间如个少女那样长大。*然而当这个青年的下颌周围开始长出髭须时，他向国王的美丽女儿得伊达弥亚揭示了自己男扮女装的秘密。公主对他产生了爱慕之情，就在岛上做客期间，他已秘密地成了得伊达弥亚的丈夫了。

「智慧引路」阿喀琉斯的母亲知道预言后，便让儿子男扮女装，这突显出一个母亲想要保护儿子的爱。可见，母爱是多么伟大而又无私，而我们也要多向母亲表达爱意。

「专家解疑」髭（zī）：嘴上边的胡子。

这个神之子是战胜特洛伊必不可少的英雄，预言家卡尔卡斯发现了阿喀琉斯居住的地方，所以俄底修斯和狄俄墨得斯受命去请他参加战争。两位英雄抵达斯库洛斯岛的时候，国王和他的那些女儿们接见了他们。不过这位未来的英雄隐藏在妩媚少女的面孔后面，虽然两位希腊英雄有着犀利敏锐的目光，但他们依然不能从这群少女中间辨认出阿喀琉斯来。于是俄底修斯想出一个计策。他把一面盾牌和一支长矛放在少女集聚的大厅里，接着吹响了战号，像敌人已经逼近一样。

所有的女人都被喇叭声吓得逃出大厅，只剩下阿喀琉斯，他勇敢地拿起长矛和盾牌。现在他被两位希腊英雄认了出来，于是同意率领他的密耳弥多涅斯人或称忒萨利亚人，在他的老师福尼克斯的陪同下，携同 50 艘战船参加希腊人的队伍。

「名师点拨」从希腊人战前的集结，以及请得阿喀琉斯参加战争，为我们揭示，一场异常残酷的战争即将开始。

阿伽门农被任命为最高统帅，他把希腊所有的君主及其船队、士兵都集中到波俄提亚的海港城市奥利斯。

希腊人起航和菲罗克忒忒斯被弃

就在当天，希腊舰队驶入大海，在短暂的航行之后，他们在克律塞小岛上登陆，以便补充饮水。在这里，来自墨里波的波阿斯国王的儿子、赫拉克勒斯的战友——菲罗克忒忒斯发现了一个废弃的神坛，这是从前阿耳戈船上的英雄伊阿宋在航海中为祭祀女神帕拉斯·雅典娜而修建的。这位虔诚的英雄对自己的发现非常高兴，并要为这位希腊人的保护神在这座被遗弃的神坛上献上牺牲。这时一条毒蛇蹿到这个走近的人身边并在英雄的脚上咬了一口。他倒了下来，被抬回到船上，舰队继续航行。然而中毒的伤口越来越大，使波阿斯的儿子疼痛难忍，他同船的伙伴无法长时间忍受伤口散发出的恶臭和他不断发出的痛苦号叫。他们用恐怖的叫喊声打扰着一切，连做祭祀和祈祷时都不能消停会儿。

「专家解疑」祭祀（sì）：旧俗备供品向神佛或祖先行礼，表示崇敬并求保佑。

最终阿特柔斯的儿子和诡计多端的俄底修斯聚在一起进行商议，因为这位受伤英雄的伙伴们所传播的不安情绪已经在全军中扩散开来，他们害怕菲罗克忒忒斯会在到达特洛伊之前就给全军带来瘟疫，他的无休止的痛苦叫喊会使希腊人的生活备受磨难。所以军队的首领做出残忍的决定，当他们途经楞诺斯岛荒无人迹的海岸时，就把这位可怜的英雄遗弃这里。*然而他们并没有想到，失去这个勇敢的人也就失去了无人可敌的弓箭。*

「智慧引路」
俄底修斯只看到了当前的不利影响，却忽视了将来。这在现实中也是很常见的，我们总是因某一缺点而否定整个人，因当前的不利而否定整件事，这只能说明自己眼光短浅。

狡黠的俄底修斯承担了这项任务。他背起昏睡的英雄，用一艘小船把他带到海岸边的一个岩洞里，给他留下衣服和大量的食品，足够他生活一年的了。这艘船在岸边停留了很短的时间，只够安顿这个不幸的人。当俄底修斯返回来，就马上登程，不久就与大队舰船会合在一起了。

希腊人到达密西亚、忒勒福斯

现在，希腊舰队顺利到达了小亚细亚海岸。然而英雄们对这个地区一点都不熟悉，先是一阵顺风把他们吹到远离特洛伊南面的密西亚海岸，全部的船只都在这儿下锚。沿着海边都有武装人员守卫，他们以当地统治者的名义说，在禀报国王之前不许任何人登陆。然而密西亚国王本人是一个希腊人，他的名字叫忒勒福斯，是赫拉克勒斯和奥勒的儿子，经过奇妙的遭遇之后在密西亚的国王透特拉斯那里遇到了他的母亲，并娶了国王女儿阿尔癸俄珀为

「专家解疑」
锚（máo）：船停泊时所用的器具，用铁制成。一端有两个或两个以上带倒钩的爪儿，另一端用铁链连在船上，抛到水底或岸边，用来稳定船舶。

妻。在国王死了之后他就成了密西亚的国王。

希腊人没有问谁是这儿的国王，也没有对守卫的士兵做出回答，他们就拿起了武器，登陆上岸，发起了进攻；只有少数人得以逃脱并向国王忒勒福斯报告说，有很多不知名的敌人侵入国土，杀死守兵，占领了海岸。国王赶忙召集军队来抵御入侵者。他本人就是一个出色的英雄，不愧是父亲赫剌克勒斯的儿子，他也用希腊军队的方法来训练他的士兵。所以希腊人意想不到地遇到了他们的抵抗，爆发了一场血腥的、杀得难解难分的战斗，展开了一场英雄与英雄的**较量**。

「专家解疑」
较量：①用竞赛或斗争的方式比本领、实力的高低。②计较。

在这场战斗中，希腊人中间著名的俄狄浦斯的孙子，波吕尼刻斯的儿子特耳珊得耳冲在前面，他杀死了忒勒福斯国王最亲爱的朋友和第一勇士。国王因此怒发冲冠，一场你死我活的决斗在俄狄浦斯的孙子和赫拉克勒斯的儿子之间展开了。结果是赫刺克勒斯的儿子得胜，特耳珊得耳倒在了地下，他被一柄长矛刺穿。他的朋友狄俄墨得斯从远处看到了这个场面，接着痛苦地大声叫了起来，赶在忒勒福斯国王扑向特耳珊得耳的尸体，剥掉其装备之前奔跑过来，把朋友的尸体扛在肩上，赶快地从杀得天昏地暗的战场中逃了回来。他背负死者经过埃阿斯和阿喀琉斯的面前，这激起了他们痛苦而狂暴的愤怒。他们集合起溃散的士兵，把他们分成两部分，并通过改变攻击方向扭转了战局。希腊人现在又占了上风，当忒勒福斯的异母兄弟透特然提俄斯被埃阿斯击中，忒勒福斯本人前来救助倒地的兄弟时，他被一片葡萄藤绊倒在地。阿喀琉斯不失时机，就在忒勒福斯站起来的时候，投出一根长矛穿透了密西亚国王的左腰。然而忒勒福斯依然站了起来，拔出长矛，在他的士兵的保护下，逃了出来。

「好词好句」
怒发冲冠
天昏地暗
*他们集合起溃散的士兵，把他们分成两部分，并通过改变攻击方向扭转了战局。

「名师点拨」
这一整段话，描写的都是战争的惨烈场面，同时也让我们见识到了阿喀琉斯的骁勇善战与正义精神。

要不是黑夜来临和双方都需要退出战场休息，那这场战斗将继续下去。第二天双方互派使者，要求暂时休战，以便搜寻死者并把他们埋葬。现在希腊人才惊讶地获悉，为此英勇地捍卫自己领土的国王是他们的同乡，是他们伟大的半神赫拉克勒斯之子；忒勒福斯痛苦地知道了他手上沾满的是他同胞的血。

「专家解疑」
捍（hàn）卫：保卫（多用于抽象事物）。

事实表明，在希腊军队中有忒勒福斯的三个亲戚：赫拉克勒斯的一个儿子特勒波勒摩斯；国王忒萨罗斯的儿子，赫拉克勒斯的孙子菲狄波斯和安提福斯。这三个人在密西亚使者的陪同下出现在他们的兄弟和叔叔面前，他们向他做了更详细的说明，登上他的海岸的都是哪些希腊人，他们来亚细亚是为了什么。忒勒福斯国王给他的亲戚以亲切的接见，倾听他们诉说。现在他知道了，帕里斯用他的恶行侮辱了整个希腊，知道了墨涅拉俄斯与他的兄弟阿伽门农和所有的希腊联军前去讨伐特洛伊。因此，国王的可爱的异母兄弟特勒波勒摩斯说——他是其他两人的代言人——“亲爱的兄弟和同胞，请不要离开你的人民，我们亲爱的父亲赫剌克勒斯在世时都为人民而战，为他对祖国之爱，整个希腊建造了无数的纪念碑。把你的军队与我们的军队联合在一起，作为我们的同盟者一齐去征讨特洛伊人，用来医治你一个希腊人给希腊人留下的创伤。”

「专家解疑」侮(wǔ)辱：使对方人格或名誉受到损害，蒙受耻辱。

「名师点拨」希腊人想要游说忒勒福斯参加到即将到来的战争中去，而这都是因为帕里斯的恶性所致。

忒勒福斯吃力地从他的位置上立起身来，友好地回答说：“你们的责备是不公平的，亲爱的同胞。我们从朋友而变成凶狠的敌人，都是你们的过错。莫非我的海岸守卫士兵不是按照我的严格命令，如像对所有登陆者一样问过你们的姓名和来处吗？他们并不是以一种野蛮的方式，而是用希腊人的礼节对待你们。*不过你们却认为对野蛮人怎么做都是对的，登陆上岸，不对他们的询问给予回答，不听他们的劝告就杀死我的下属。*就是给我，”说到这里他指了指他的伤口，“也留下一个纪念，这使我毕生都会想起我们昨天的相逢。然而我并不对你们心怀怨恨，而是高兴地在我的国家接待了亲戚和希腊人，这代价还不高吗？”

「智慧引路」帕里斯抢走海伦是无礼的，但希腊军队却不能打着这样的幌子而做出同样无礼的事。这正告诉我们，遇到事情应寻求合理的解决办法，不要以暴制暴。

“你们听着，我对你们的要求必须要答复。我不会去参加反对普里阿摩斯的战争。我的第二个妻子阿斯提俄刻是他的女儿；再说他本人是一个可敬的老人，他的那些儿子都是高尚的。他和他们与轻薄的帕里斯所犯下的罪行毫无关系。你们看，坐在那儿的我的孩子欧律皮罗斯！我如何能伤他的心，去帮助你们毁灭他外祖父的国家！正像我不能伤害普里阿摩斯一般，我也绝不去反对你们这些同胞。收下我的礼物，拿去你们所需要的食品。*然后你们走吧，在神的名义下去进行一场我无法进行调解的战斗。*”

「专家解疑」
轻薄(bó)：言语举动带有轻佻和玩弄意味（多指对女性）。

「智慧引路」
忒勒福斯的话正讽刺了两国之间的这场战争，由此也指出野蛮、粗鲁与缺乏沟通将会破坏人际关系，这是我们应当引以为戒的地方。

三位英雄带着国王的善意回答满意地回到了希腊大营，向阿伽门农和其他人报告了他们以希腊人的名义与忒勒福斯所建立的友谊。接着他们又开始了他们的航行。

帕里斯的归来

虽然特洛伊人对一支巨大的希腊舰队的出发还毫不知情，然而得到一些消息后，在这座城市里还是引起了对即将来临的战争的恐慌和惧怕。这期间帕里斯带着他掠来的海伦、大量的战利品和整个舰队回到了特洛伊。国王普里阿摩斯看到这个不请自来的儿媳进入他的宫殿并不高兴。他马上召集他众多的儿子举行会议。

「名师点拨」
这段话起到了渲染气氛的作用。通过提醒我们战争即将来临，渲染了气氛的紧张。

然而他们都收到了帕里斯送的珍贵宝物，他的那些尚未结婚的兄弟都得到了海伦带来的出身高贵家族的女人为妻，这样他们就变得昏昏然，再加上他们中许多人年轻气盛，喜欢争强斗狠，于是会议决定，把这个异乡女人置于王家的保护之下，不交给希腊人。

「名师点拨」王室与民众的反应形成对比，借此衬托出王室缺乏远见和自负的一面，并没有看到海伦被劫事件的严重性。

不过这个城市的民众却不是这样，他们对国王的儿子帕里斯的归来和接受他掠来的美丽妻子而会引起敌人的进攻和围困感到恐惧不安。在他穿越大街时激起一些人的咒骂，甚至当他陪同他掠来的妻子进入父王的宫殿时，时而还有人向他投掷石头。不过出于对年迈国王和他的意志的敬畏，人们才没有更激烈地去反对接纳这位新的市民。

「智慧引路」海伦的情形启示我们，做事情之前一定要深思熟虑，考虑后果，否则就如同海伦，丧失了改过的机会，还可能招致更严重的后果。

在会议做出了不驱逐海伦的决定之后，国王派他的妻子去她那里，以证实她确实是自愿随同帕里斯来到特洛伊的。海伦声明，从她的出身来说，她就像属于希腊人一样，也属于特洛伊人；因为达那诺斯和阿革诺耳是她的祖先，他们也是特洛伊国王家族的祖先，她尽管不是自愿而是被劫持来的，可她现在由于深深爱上她的新丈夫而自愿成为他的人。*在发生这一切之后，她无法从她从前的丈夫和她的人民那里得到宽恕；假如她被交回去，等待她的只能是耻辱和死亡。*

「专家解疑」匍（pú）匐（fú）：①爬行。②趴。

她声泪俱下，匍匐在女王赫卡柏的脚前，女王充满爱意地扶起这个乞求保护的女人，并告诉她国王和他的儿子们做出的保护她的决定。

希腊人兵临特洛伊城下

海伦就这样安全地生活在特洛伊的王宫，接着和帕里斯一起移居自己的美丽的宫殿。民众也逐渐喜欢她的美丽绰约和希腊式的妩媚可爱，就是当外国人的舰队真的出现在特洛伊海岸时，城里的居民也不像此前那样惶惶不安了。他们在计算他们有多少市民，有多少同盟者；他们发现他们的英雄和战士在数量上和力量上都胜过希腊人。所以人们希望得到众神的保佑，能够保证他们的城市免受围困并能很快击退敌人。

「好词好句」
年轻气盛
血气方刚
*民众也逐渐喜欢她的美丽绰约和希腊式的妩媚可爱，就是当外国人的舰队真的出现在特洛伊海岸时，城里的居民也不像此前那样惶惶不安了。

尽管他们的国王普里阿摩斯已是一个无法再去战斗的老人，不过他有 50 个儿子，其中 19 个是他的妻子——女王赫卡柏所生，有些年轻气盛，有些血气方刚。军队已经做好战斗准备，国王的儿子赫克托耳出任最高统帅，与他一道执掌大权的是统治达耳达尼亚人的埃涅阿斯，他是国王的女婿。另外还有一些重要人物统领部队，还有一部分是特洛伊人的同盟者。

这期间希腊人也登陆了，他们沿着海岸建营扎寨，把船只拖上陆地，列成阵势，密匝匝连成一片，并在船的下面垫上石头以便通风，避免潮湿受损。排在陆上的第一列是埃阿斯和阿喀琉斯的船队，他们建造了他们的营盘。看上去阿喀琉斯的大营几乎像有规有矩的住宅，食库、为战马和家畜准备的厩圈和料房应有尽有。在他的船只旁边是竞赛、殡葬和其他节庆用的场地，紧挨着埃阿斯的是普罗忒西拉俄斯的船队，紧接着是另外一批忒萨利亚人、

「专家解疑」
阵（zhèn）势：①军队作战的布置。②情势；场面。
厩（jiù）：马棚，泛指牲口棚。

克瑞忒人、雅典人、福喀斯人、玻俄提亚人、阿喀琉斯和他的密耳弥多涅斯人。集结的士兵把他们的船只一共布成四列，最后一列是狄俄墨得斯、俄底修斯和阿伽门农。

在俄底修斯营前是“阿戈剌”，就是用来举行会议和进行商谈的空地，这儿建有神坛。整个用船只围成的大营如同一座城市，由好多大街和小巷分割开来，但主路却连通四个队列。营房几乎都用泥土和木头建成，在上面铺了一层芦苇。每个头领都把他的大营放在他的军队的最前一排，而每一个营房都按居住者的不同等级饰有不同的标记。船只同时用来保卫整个大营，希腊人还在这些船只前面用泥土堆成一道围墙，直到包围的最后时刻才垒成一道城墙。后面不远处是一道壕沟，密密麻麻的木桩栽在前面。

「名师点拨」
从这段场景描写看出，希腊人在特洛伊城下，已经做好了妥善的布置，摆开了阵势，只等战争的开始。

由于特洛伊国王和议会在讨论保卫的最有效方法上花了很长时间，因此希腊人得以顺利地完成了他们的一系列布置。希腊的士兵在值班看守舰船的同时，能得到食品，他们只需要负责自己其余的生活用品。普通的士兵用轻武器徒步作战，身份高贵的站在战车上进行战斗，这样就保证了每一个乘车作战的人都有一个驭手。在那个古老的时代，人们对骑兵还毫不知情。而安排在最前一列去战斗，进行冲锋陷阵的是载有大英雄的战车。在希腊人的船营和特洛伊城之间的空地，被斯卡曼德洛斯河和西摩伊斯包围起来，宽阔的斯卡曼德洛斯草地和特洛伊平原繁花似锦，可作为一个很好的天然战场，它的后面突兀而起的就是壮丽城市特洛伊城或称伊利昂城。它的高楼、雉堞和塔楼巍然屹立。

「专家解疑」
冲锋陷阵：①向敌人冲锋，深入敌人阵地，形容作战英勇。②泛指做事不畏艰难险阻，冲在前面。
雉(zhì)堞(dié)：古代在城墙上面修筑的矮而短的墙，守城的人可借以掩护自己。

战争的爆发

这时，特洛伊的城门突然打开了。但是在这期间，英勇的希腊人还在为即将开始的战争准备着。这时，由赫克托耳带领着的已经全副武装好的特洛伊士兵，直接向斯卡曼德洛斯平原的方向冲了过去，并对那些没有任何防备的希腊士兵发起了进攻，在这些特洛伊士兵进攻的过程中，他们没有遇到任何抵抗。在希腊人船营的最外面的士兵看到敌人的突然袭击，他们都纷纷将自己身旁的兵器拿起来和自己的敌人进行战斗。因为敌人的数量太多，没有多长时间，希腊士兵就被打败了。但这并不是一次没有任何作用的战斗，因为这次短暂的战斗同样为希腊人的集合赢得了一定的时间，让所有的希腊人都集合在一起，并摆好了和敌人进行战斗的阵势。很快，这场血腥的战斗开始了。但是，在战场上，只要是勇猛的赫克托耳到的地方，希腊人就会被特洛伊人打败。终于，阿喀琉斯带领着他的那些士兵也在战场上出现了。阿喀琉斯真的是非常勇猛的，只要是他到的地方，没有敌人不倒下的。就是赫克托耳在和他战斗的时候也有些抵挡不住，而且英勇的阿喀琉斯将普里阿摩斯的两个儿子杀死了。年老的普里阿摩斯站在城墙上看到了这一切，就在他的那两个儿子倒下的时候，悲伤的呼喊声从他的喉咙中发了出来。在阿喀琉斯身边，还有埃阿斯和他一起战斗着。因为埃阿斯的身体非常高大，所以，站在这些希腊人中，总是那么突出。由

「专家解疑」
防备：做好准备以应付攻击或避免受害。

「名师点拨」
这是希腊人与特洛伊之间的生死决战，从这段话可以看出，双方间的战争非常残酷。

「名师点拨」
作者先介绍赫克托耳，随后再交代阿喀琉斯的战无不胜，由此形象地刻画出阿喀琉斯的勇猛及其在希腊军队中的重要作用。

于埃阿斯和阿喀琉斯参加到了这场战斗中，希腊人终于将敌人打退了。逃回到城中的特洛伊人立刻就将城门紧紧地关上。这时，刚刚在战场上厮杀的希腊人，又重新回到了他们的舰船旁，并重新开始建造他们的营房。统帅阿伽门农吩咐阿喀琉斯和埃阿斯这两位英雄到舰船那里去看船。然后，他们又让另外一个勇敢的人去保护舰队中的部分船只。

「专家解疑」厮（sī）杀：相互拼杀，指战斗。

在特洛伊城附近，有一个科罗奈国，在这里，统治者是库克诺斯。库克诺斯的父亲是海神，母亲是个仙女。但是，库克诺斯是被一只天鹅抚养长大的，而且他从小就生活在忒涅多斯岛上，这也是他的名字的由来，意为天鹅。*作为一个邻国，库克诺斯和国王普里阿摩斯结盟了，决定一起来对抗希腊人，而且库克诺斯还没有向普里阿摩斯提出任何要求。因为在他的心中，自己的朋友有难，帮助他是自己应该做的事情。*为了帮助自己的邻国，库克诺斯将自己的军队中的最有能力的士兵挑选出来，并让他们组成了一个非常有实力的队伍。当这一切都准备好后，这支队伍就在希腊船营的附近埋伏好了；他们将自己隐蔽好的时候，正是取得战斗胜利的希腊人回到船营并为英雄普洛特西拉俄斯举行葬礼的时候。等希腊人将一切都准备好后，他们就都围在了焚烧场的周围。但是这时，船营的附近突然出现了一些战车和士兵，还没有等这些希腊人思考这到底是怎么回事，他们就被库克诺斯带领的军队包围了起来，并开始厮杀。

「智慧引路」俗话说，“患难见真情”，而库克诺斯的行为让我们意识到：朋友遇到困难，应当努力帮助他解决；但这种帮助不是毫无原则的，还要根据情况予以判断。

「名师点拨」一场战斗刚刚结束，另一场突袭又不期而至，双方之间的战斗场景描写，正突显出战争的残酷与激烈。

但是幸运的是，在这里等着参加葬礼的人只是所有希腊人中的一部分。看到焚烧场这边发生了一些意外状况，其他的希腊士兵也都将自己手中的兵器握紧，向这边奔跑过来。在希腊人的战车上，坐着一位英雄，他就是阿喀琉斯。每一个由库克诺斯带领的士兵在看到英雄的眼睛的时候，都在心中产生了一种非常恐惧的感觉。而且，阿喀琉斯的长矛绝对是百发百中，如果他的长矛指向了哪个人，那么，这个人绝对会被长矛刺死。在又一次将科罗奈人刺死后，英雄阿喀琉斯看到了正在离自己有一段距离的地方厮杀的库克诺斯。库克诺斯杀得也非常凶猛，只要是他所到的地方，所有的希腊人都不敢太靠近。这时，阿喀琉斯让他的白马调转过来，这让他和库克诺斯面对面了。接着，阿喀琉斯大声地冲库克诺斯喊道：“我对面的年轻人，虽然你也非常勇猛，但是现在，你将被女神忒提斯的儿子打倒了！”接着阿喀琉斯就将手中的长矛冲着库克诺斯扔了过去，并且阿喀琉斯的长矛击中了库克诺斯，但幸运的是，库克诺斯并没有受伤，长矛只是从他的身上滑落了下来。

「名师点拨」这句话表现出阿喀琉斯的勇猛无敌。在这场战争中，阿喀琉斯的存在对于希腊人一方至关重要。

「名师点拨」这是一段动作描写，确切生动地表现出两人在对战之中的动态，也渲染了战斗中紧张的气氛。

看着目瞪口呆的阿喀琉斯，库克诺斯似乎嘲笑般地说：“勇猛的人，你现在是不是非常惊讶呢？不要认为我没有受任何伤害是因为我身上的头盔或者是别的什么保护装备，这些都不是主要原因。主要原因是，我不仅是一个仙女的孩子，而且还是海神的孩子。所以，我的身体就像钢铁一样坚硬，任何人都无法伤害我。”说着库克诺斯就将手中的长矛刺向了阿喀琉斯，这次将英雄阿喀

「专家解疑」目瞪口呆：形容受惊而愣住的样子。

琉斯的盾牌刺穿了。但是，勇猛的英雄最后还是将自己身上的长矛抖落了，并将自己的长矛向敌人的方向投了过去。但库克诺斯还是没有受任何伤，就这样，即便是第三次，结果还是一样！

三次将手中的长矛刺向敌人，但是敌人仍然毫发无损，阿喀琉斯终于发怒了。第四次，他将白杨木的一端削成了投枪的样子，并将投枪向库克诺斯的方向刺了过去。这一次，库克诺斯的左肩受伤了，并不断地从伤口中流出红色的鲜血。正在英雄阿喀琉斯高兴的时候，他发现：自己又错了，那血根本就不是库克诺斯的血，而是站在他身旁的墨诺忒斯的血，因为有一个人击中了墨诺忒斯。*这时，阿喀琉斯的愤怒已经达到了极点，他从自己的战车上跳了下来，手握宝剑向库克诺斯所在的位置冲了过去。*结果可想而知，库克诺斯依然没有受到任何伤害。接着，阿喀琉斯将自己手中的盾牌举了起来，并将盾牌作为武器向敌人的额头砸了过去。经过三四次的攻击，就是再强壮，库克诺斯也有些顶不住了。就在他想要向后退的时候，身后的一块石头将他绊倒了。库克诺斯的背立即被英雄阿喀琉斯抓住，接着，阿喀琉斯将自己的敌人狠狠地摔在了地上。很快，库克诺斯的胸膛就被英雄阿喀琉斯拿在手中的盾牌和自己那坚硬的膝盖压住，并且，库克诺斯的喉咙也让阿喀琉斯的皮带勒住了。

「名师点拨」阿喀琉斯的每发必中，在库克诺斯那里接连被挫败，借此表现出库克诺斯的英勇，也表现出阿喀琉斯迫切追求胜利的心理。

「智慧引路」阿喀琉斯虽然勇猛，但如此近距离的厮杀依然充满危险性。这警示我们，做事情要保持理智，切勿被愤怒冲昏了头脑。

看到他们的国王倒地，科罗奈人立马丧失了勇气。他们狼狈奔窜，逃离战场，不久，战场上别无他见，看到的只是尸体狼藉，血水汩流；许多希腊人和科罗奈人在这场突然袭击中战死。

「专家解疑」狼藉：乱七八糟；杂乱不堪。

战争结束了，希腊人侵入了战死的国王库克诺斯的国土，从它的都城门托剌掳走许多孩子作为战利品。他们在进攻毗邻的喀剌城时，也占领了这座坚固的城市，满载大量的战利品返回他们警卫森严的船营。

接下来几年的特洛伊战争，传说上语焉不详。由于特洛伊人要保存他们的力量，很少挑起战事，这样希腊人就把他们的军力用于进攻周围地区。阿喀琉斯用他的舰队接连不断地毁灭和掠夺了12座城市，在陆上征服了11座。在讨伐密西亚的一次战斗中他将祭司克律塞斯的美丽女儿克律塞伊斯捕获。在占领吕耳涅索斯时他袭击了国王布里修斯的王宫，国王在绝望中自缢而死。他可爱的女儿布里塞伊斯落入胜利者手中，他把她当作自己宠爱的战利品带回希腊军营。勒斯玻斯岛和密西亚的忒拜城也都被他征服。

「专家解疑」

毗(pí)邻：（地方）毗连。

语焉(yān)不详：说到了，但说得不详细，不清楚。

「名师点拨」

此处通过列举事例，清晰地向读者传递出阿喀琉斯战无不胜的情形。如此设置，让读者更加信服，从而烘托出阿喀琉斯的人物形象。

帕特洛克罗斯之死

没多长时间，在希腊人和特洛伊人之间，厮杀又慢慢地展开了。在特洛伊人那一方，士兵们蜂拥而来，赫克托耳站在他战车

上冲在前面。原来他们得到了阿波罗的帮助。阿波罗神隐身在云层中间，手执令人丧魂失魄的神盾，他指引着赫克托耳。希腊英雄严阵以待。双方军队都大声呐喊，很快箭镞如雨，投枪呼啸。特洛伊人总是无击不中，这都要归功于阿波罗与他们在一起；当这位神祇对着希腊人晃动那令人恐怖的神盾，并发出可怕的咆哮时，希腊人的心在发颤，他们忘记了抵抗。赫克托耳利用这个机会和他们混战了起来，杀敌无数。

「好词好句」
严阵以待
无击不中
* 阿波罗神隐身在云层中间，手执令人丧魂失魄的神盾，他指引着赫克托耳。
* 双方军队都大声呐喊，很快箭镞如雨，投枪呼啸。

在特洛伊人剥下所有这些死者的铠甲的时候，希腊人乱成一团，朝壕沟和围栏方向溃逃，一会儿拥到这里，一会儿拥到那里，有一些在惊慌中越过围墙逃命。赫克托耳向特洛伊人喊着，声音洪亮：“让这些身穿铠甲的死尸躺在这里，快直接冲到船上去。有谁留在这儿，他就得死！”他一边喊一边鞭策他的战马，向着壕沟驶去，所有特洛伊的英雄都驱动战车跟在他的后面。阿波罗用他的神脚踏平壕沿的凸起部，为他们铺好一条路桥。在这条路上他先跨过了壕沟，用他的神盾一击就把希腊人的围墙夷为平地。

「专家解疑」
鞭(biān)策：用鞭和策赶马，比喻督促。

此前，阿喀琉斯因受到阿伽门农的侮辱，看到了他的自私而拒绝参战。阿伽门农也对阿喀琉斯的当面顶撞非常不满。这时候帕特洛克罗斯回到阿喀琉斯的帐篷。他泪流满面地告诉他的朋友：“希腊人的灾难正在折磨着我的灵魂！所有勇敢的人都躺倒在舰船的周围，他们不是被投枪刺伤就是被长矛击中。狄俄墨得斯也受伤了，阿伽门农和俄底修斯被长矛刺伤，欧律皮罗斯被投枪刺中了大腿，已经无法再参加战斗。而你却冷酷地待在这里。你一

「名师点拨」
从这段话可以看到，希腊人在战争中遭受了重创，这再次表现出战争的残酷与惨烈。

「名师点拨」 此处运用象征的手法，借用“僵硬的崖石”和“阴沉的大海”，形象地展现出阿喀琉斯在希腊惨败面前的无动于衷。

定是那僵硬的崖石和阴沉的大海所生，所以你的心才会如此无情！好吧，如果是你的母亲和众神的旨意让你留在这里，那至少让我带着你的战士一起去帮助希腊人。让我穿上你的铠甲，特洛伊人要是看到我英勇地战斗，就会以为我是你，这样，希腊人就有了停息的时间！”

但是阿喀琉斯愤怒地回答他说：“朋友，你太让我伤心了！阻止我前去作战的既不是我母亲的话，也不是神的旨意，而是深沉的痛苦在撕裂着我的灵魂，阿伽门农竟然从我的手中夺走了属于我的荣誉和赠品，我和他是平等的伙伴。但哪怕是这样，我也不会永远怀恨在心，我已经决定了，要是战斗到舰船这里，我就会忘记我的仇恨。我还不确定自己要不要参加战斗，但是你可以穿上我的那身铠甲，率领我的战士去作战。*向特洛伊人全力进攻，把他们从舰船的旁边赶走，但不要去和一个人交战，那就是赫克托耳。你也要时刻保护自己，不要落入神的手中，因为阿波罗十分喜欢我们的敌人！一旦你挽救了这些舰船，你就回来。*其他人可以继续在战场上战斗，要是希腊人一个也不剩下，那样就更好了，我们两人可以单独去战斗，就可以把特洛伊城消灭。”

「专家解疑」 荣誉：①光荣的名誉。②属性词。为表示尊敬、表彰等而授予的名义上的（称号）。

「智慧引路」 从阿喀琉斯说的这段话可以看出，他非常有头脑，而且对战争有着透彻的分析。这启示我们，做事情要善于把握全局，从大局着眼。

突然，阿喀琉斯看见舰船那边火焰冲天，他感到一阵痛苦的震颤：“赶快去吧，神勇的帕特洛克罗斯，”他喊着，“站起来，不要让敌人夺走我们的舰船，要阻止我们的士兵逃走！我自己也要去召集我们的战士。”帕特洛克罗斯听到朋友的这些话高兴极了，他迅速披上铠甲，束着结实精致的胸甲，把宝剑挂肩膀上，头上戴着插有马鬃的头盔，左手握着盾牌，右手拿起两支锋利的投枪，然后就去套马。阿喀琉斯召来了他的密耳弥多涅斯士兵，他们是来自50艘战船的战士，每艘战船上有50个士兵。由5个将领率领着这支队伍，他们是河神斯帕尔加斯，墨涅斯提俄斯和妩媚的波吕多瑞所生的儿子欧多刺斯，波兄墨勒的儿子珀珊德洛斯，赫耳墨斯，迈玛罗斯的儿子，那个在军队中的威名仅次于帕特洛克罗斯的杰出战士，最后是两鬓已经斑白的莱耳刻斯和福尼克斯的儿子阿尔喀墨冬。

「名师点拨」在希腊一方的战争处于艰难时刻时，阿喀琉斯视死如归的一番感言起到了激励作用，帕特洛克罗斯也被激励起了斗志。

*珀琉斯的儿子对着这些准备出发的人说道：“密耳弥多涅斯人，你们不要忘记，过去你们是怎样威胁特洛伊人的。现在你们盼望的时刻终于到来了。去战斗吧，听从你们那颗勇敢的心的命令去做吧！”*说完他就回到自己的帐篷，拿出一只做工精致的酒杯，除了他之外，还没有谁用过这个酒杯来喝美酒；除了宙斯之外，也没有其他的神接受过用这个酒杯呈献上来的酒。现在他正站在他房间的中央，给宙斯祭酒，请求他保佑希腊人取得胜利，保佑他的朋友帕特洛克罗斯能够平安归来。宙斯对第一个请求表示可以满足，但是对他的第二个请求却摇了摇头。阿喀琉斯都没有看见宙斯这两种表示。随后，阿喀琉斯在自己的帐篷里观望希腊人和特洛伊人之间的战斗。

「智慧引路」阿喀琉斯之前对阿伽门农满是愤怒，在关键时刻他却能抛下仇恨，激励士兵去战斗。这告诉我们，做事要懂得孰轻孰重，不要因小失大。

「专家解疑」呈献：（把实物或意见等）恭敬地送给（集体或敬爱的人）。

这时候，密耳弥多涅斯人在向特洛伊前进，他们就像一群蜜蜂，帕特洛克罗斯冲在他们的最前头。当特洛伊人看见他时，都感到他们的阵势陷入了一片混乱之中，因为他们认为是阿喀琉斯本人亲自前来参战，他们都在考虑如何才能逃避开以免丧命。帕特洛克罗斯利用他们的恐惧，挥动着闪闪发亮的长矛冲进他们的队伍，普洛忒西拉俄斯船的四周是人群最多的地方。帕特洛克罗斯掷出的投枪刺中了派俄尼亚人皮赖克墨斯，他痛苦地向后倒去。所有的特洛伊人都恐惧地四散逃走，希腊人继续追赶。战场上到处都是一片混乱和惊慌的场面，但是不久，特洛伊人就镇静了下来，希腊人被迫徒步与特洛伊人作战。

「名师点拨」这句话运用了拟物的修辞手法，将密耳弥多涅斯人比拟为一群蜜蜂，表现出他们人数多及自信满满的状态。

「名师点拨」战场上的形势变化多端，你追我赶，不时轮换，这表现出战争局势的动荡，增添了紧张气氛。

埃阿斯心里其他的什么也不想，只想着怎样才能把他的长矛刺中赫克托耳。但是赫克托耳有着丰富的战斗经验，他用牛皮盾牌来保护自己，投枪和箭镞都纷纷掉落在地。统帅赫克托耳虽然知道，胜利已经渐渐离他的军队远去，但他依然坚定地作战，这样至少可以保护和援助他那些忠实的战友。直到后来希腊人进行的攻击已经无法阻挡，他才调转他的战车越过壕沟逃走了。但是帕特洛克罗斯催动他的战马直追赫克托耳。凡是遇到他的都要丧命。忒斯特耳、普洛诺俄斯、厄律拉俄斯还有其他的九个特洛伊人，都死于他的投枪、长矛或者投石之下。吕喀亚人萨耳珀冬悲愤地看着这个情景，他不断地激励他的士兵，自己则全副装备跳下战车。帕特洛克罗斯也跳下战车，他们两人吼叫着要冲向对方，就像苍鹰的两只利爪。现在这两个英勇的战士已经接近到可以投射的距

「专家解疑」壕沟：①为作战时起掩护作用而挖掘的沟。②沟；沟渠。

「名师点拨」这段话运用了比喻手法，通过写两人如同苍鹰的两只利爪，形象地表现出两人势均力敌而又针锋相对的状态。

离，但帕特洛克罗斯先投中的是萨耳珀冬的战友特剌德得摩斯。他在第二次攻击中，才把长矛刺中萨耳珀冬的腰部，让他栽倒在地，而特剌德得摩斯也像一棵被斧头砍倒的巨大松树，倒在了地上。萨耳珀冬在临死前还呼喊着他的朋友格劳科斯和吕喀亚的士兵去抢救他，接着就死去了。

*诸王知道萨耳珀冬的死讯都感到非常悲痛，他们发誓要去复仇，就狂暴地向希腊人冲去，赫克托耳冲在队伍的最前面。*而帕特洛克罗斯鼓动着希腊人也冲了过来，双方为了争夺萨耳珀冬的尸体而进行一场血战。一直密切注视着战局发展情况的宙斯还在考虑着帕特洛克罗斯的死，他认为还是先让他获得胜利会比较好一些。于是，阿喀琉斯的朋友就把特洛伊人和所有的吕喀亚都逼进城里。希腊人夺走了已死的萨耳珀冬的铠甲，帕特洛克罗斯正要把萨耳珀冬的尸体交给密耳弥多涅斯人，阿波罗奉宙斯之命已将萨耳珀冬扛在自己的肩上，背到遥远的斯卡曼德洛斯河旁。在这儿，他在水里把尸体擦洗干净，再涂上香膏，交给睡神和死神。睡神和死神就带着萨耳珀冬飞起来，把他带回他的故乡吕喀亚。

赫克托耳逃到斯开亚门旁边就勒住了他的战马，想了片刻，他又驱马回到了战场，依旧命令他的士兵都退到城墙的后面，紧闭城门。他正在思考要不要拉动缰绳时，阿波罗变身为赫卡柏的兄弟阿西俄罗，也就是赫克托耳的一个舅舅，走到他的身边，对他说：“赫克托耳，你怎么可以退出战斗？赶快调转你的马头，

「智慧引路」
正所谓冤冤相报何时了，我们看到复仇已经让太多人失去了生命。由此警示我们，人与人之间相处要多一些宽容，学会互爱，互谅。

「名师点拨」
这场战争一直被宙斯所注视着，而我们发现他还掌握着每个人的命运，这些战场上拼杀的英雄们宛如一枚棋子。

「专家解疑」
缰（jiāng）绳：牵牲口的绳子。

「名师点拨」从阿波罗的这一行为可以看出，诸神实际在背后操控着特洛伊和希腊之间的这场战争。而这句话也为帕特洛克罗斯的命运转折埋下伏笔。

向着帕特洛克罗斯猛冲过去，阿波罗正使你获得战斗的胜利呢。”这位让凡人认不出来的神祇在他的耳边悄声低语，然后就在云集的士兵当中消失了。赫克托耳马上去激励他的驭手刻布里俄涅斯，让他策马再次返回战场，阿波罗在他的前头为他开路，直接冲进希腊人的队列，希腊人陷入一片混乱之中。但是赫克托耳甩开其他的希腊人，径直奔向帕特洛克罗斯。

「名师点拨」这段话运用动作描写，通过“跳”“捡”等动词，表现出帕特洛克罗斯行动之迅速。

当帕特洛克罗斯看到赫克托耳接近时，他就跳下战车，立刻从地上捡起一块有尖角的石头，击中了刻布里俄涅斯的额头，他立刻栽倒在地，然后死去。接着，帕特洛克罗斯就像一头狮子扑向尸体想取下死者的铠甲。但赫克托耳要为他的异母兄弟拼命战斗。他抓着死者的头，而帕特洛克罗斯则抓住脚。希腊人和特洛伊人都卷了进来，他们犹如东风与西风相互搏斗一样。傍晚时分，战局对希腊人变得有利起来，他们带走了刻布里俄涅斯的尸体，只剩下他的那套铠甲。

现在帕特洛克罗斯士气高昂，他以双倍的愤怒向特洛伊人进攻，在接连三次的战斗中，他杀死了 27 人。但当他正要发起第四次冲击时，死亡已经在等着他了，因为在这次战斗中，他遇到了阿波罗。帕特洛克罗斯没能靠近阿波罗，因为阿波罗隐藏在一团浓厚的云雾里。阿波罗站在帕特洛克罗斯的身后，对着他的后背和肩上猛然击了一掌，然后扯掉了昏昏沉沉的帕特洛克罗斯戴在头上的头盔。头盔落在地上，在马蹄下滚动，盔上的羽毛沾满了血污和尘土。阿波罗又折断了他手里握着的长矛，从肩上撕下他盾牌上的皮带，扯掉他身上的胸甲，帕特洛克罗斯的心里一片懵懂，

「好词好句」

浓厚

懵懂

*头盔落在地上，在马蹄下滚动，盔上的羽毛沾满了血污和尘土。

只能木然地站立在那里。这时候，潘托俄斯的儿子欧福耳玻斯用长矛从后面刺中他，就急忙退回阵里。

但现在赫克托耳又从军队中发起攻击，他从前面用长枪刺进了受伤的帕特洛克罗斯那柔软的腹部，枪尖从他的后背透出。赫克托耳立即用长枪来了结他的性命并高兴地喊道：“哈，现在，帕特洛克罗斯！你还狂妄地想把我们的城市变成一堆废墟，把我们的女人都装到船上带回希腊去做奴仆吗？而今我至少推迟了被你们奴役的日子，而且还要拿你去喂老鹰！阿喀琉斯还能救你的命吗？”帕特洛克罗斯用微弱的声音回答他说：“赫克托耳！你就先高兴吧，宙斯和阿波罗让你毫不费力就获得了光荣的胜利，是因为他们先解除了我的武装。但是有一点我还要告诉你：你不会活多久了！厄运已经降临到你的身旁，我还知道使你丧命的是谁。”他费力地说完这些话，随后，灵魂就离开了他的肉体，前往冥府。赫克托耳拔出了他的铁矛，把死者甩到后边。

「名师点拨」
从赫克托耳的话中可知，因为阿喀琉斯的存在，特洛伊人已经预料到可能会失败，但他们仍不屈服，这既为情节发展设下悬念，也刻画出古希腊神话中众多英勇不屈的英雄人物形象。

「专家解疑」
武装：①军事装备。②用武器来装备。③用武器装备起来的队伍；军队。

现在，阿特柔斯的儿子墨涅拉俄斯和特洛伊人欧福耳玻斯手里都拿着武器来抢夺帕特洛克罗斯的尸体。“你得为他偿命，”欧福耳玻斯喊道，“你杀死了我们的许珀瑞诺耳，让他的妻子变成了寡妇！”说完就举起他的长矛对着墨涅拉俄斯的盾牌猛然刺去，但是矛尖弯了。墨涅拉俄斯举起了他的长枪，把敌人的咽喉刺穿了。欧福耳玻斯倒在地上，如果不是阿波罗嫉妒欧福耳玻斯，他会把死者的铠甲和武器都一起带走。因为此时阿波罗一举化身为喀科涅斯国王门忒斯，他提醒赫克托耳再次转向欧福耳玻斯的尸体。赫克托耳立刻转过身，他忽然看见墨涅拉俄斯正想把欧福耳玻斯那副华丽的铠甲拿走。当墨涅拉俄斯听到这个特洛伊英雄大声地咆哮时，他只好放下尸体和铠甲，快速奔向战场，去寻找埃阿斯。

「专家解疑」
咆哮：①（猛兽）怒吼。②形容水流奔腾轰鸣，也形容人暴怒喊叫。
并肩：①肩挨着肩。②一起；共同。

当墨涅拉俄斯在众多的士兵中认出埃阿斯时，就对他呼喊，让他与自己一起去夺回帕特洛克罗斯的尸体。时间非常紧急，因为赫克托耳此刻正在忙着把铠甲从死者的身上剥下来，他把尸体拖到旁边，用剑把他的头砍下来，并把尸体抛给狗吃。赫克托耳一看到埃阿斯手里握着七层牛皮的盾牌朝自己奔来时，他放下了手上的血腥工作，急忙逃回到他的战友们中间。

「哲理名言」
如果你在勇士的面前怯懦逃走的话，那么你将会名誉扫地。

吕喀亚人格劳科斯目光阴沉地看着赫克托耳，斥责他说："如果你在勇士的面前怯懦逃走的话，那么你将会名誉扫地。赫克托耳，你考虑一下吧，你如何单独来保卫你的城市，在你把国王萨耳珀冬的尸体扔给希腊人和野狗之后，还有哪一个吕喀亚人愿意与你并肩作战？"

「名师点拨」
赫克托耳的这句话展现出神与人之间错综复杂的关系，突显出人在面对神时既抗争又无奈的心情。

"格劳科斯朋友，你不聪明，"赫克托耳说，"你以为我是害怕埃阿斯的强大力量，其实你错了，还没有什么战斗能让我害怕，但是宙斯的决定比我们的勇敢还有威力。现在靠近我一些，我的朋友，你看看我怎么做，然后再确定我是不是像你所说的那样胆小！"说完，他就追上他那些把帕特洛克罗斯的那副阿喀琉斯的铠甲当成战利品带回城里的战友。他追上他们之后，就卸下了自己的铠甲，换上阿喀琉斯那副神圣威武的铠甲，这是在珀琉斯与海洋女神忒提斯结婚时，天庭众神送的贺礼，后来珀琉斯年纪大了就把它送给儿子。但儿子穿上了父亲的这套装备却注定他活不到老年。

「名师点拨」穿上铠甲装备就意味着今后的人生都要献给战场，与敌人拼杀，战场上不可能有永远的胜利者，所以任何不测都可能发生。

当作为众神和人的领导者宙斯从天上看到赫克托耳穿上了阿喀琉斯的神圣铠甲时，他摇了摇头，心里叹息道：“你这可怜的人，你根本没有想到死亡已经守候在你的身边了。你杀死了令人心惊胆战的英雄阿喀琉斯的亲密朋友，你还割下他的头颅，剥了他的铠甲，现在你又用这副神圣的铠甲来武装起来。即便如此，你也不会从战场回来，你妻子安德洛玛刻不会帮你解下这身辉煌的铠甲，喜迎你的归来，所以我要让你再次得到光荣的胜利作为补偿。”

宙斯说这些话的时候，赫克托耳已经穿好那身铠甲。战神阿瑞斯也在他的身上燃起了战斗的激情，他的四肢充满了力量，威风凛凛。他大声呐喊着跑回到伙伴们中间并率领他们再次冲向敌人。为了争夺帕特洛克罗斯的尸体又重新燃起了斗志，双方一整天都在这个战场上。希腊人喊道：“我们宁可战死在这里也不能让特洛伊人抢走尸体，不能带着这个耻辱返回舰船。”而特洛伊人则高喊：“为了夺得这个尸体，我们哪怕是都死了也会无所畏惧！”

「好词好句」心惊胆战

辉煌

*战神阿瑞斯也在他的身上燃起了战斗的激情，他的四肢充满了力量，威风凛凛。

「名师点拨」为了各自一方的荣誉，特洛伊和希腊战士都视死如归，向我们展现出战斗中激烈冲突的画面。

这时，宙斯改变了他原本的主意。他派雅典娜在浓云中间作为他的使者下界，她变成福尼克斯靠近墨涅拉俄斯。雅典娜使他双膝和肩膀都充满力量，让他变得勇猛顽强，坚韧不拔。而阿波罗则化身为淮诺普斯向赫克托耳走去，上前提醒他说：“赫克托耳，要是一个墨涅拉俄斯就能把你吓退的话，在所有的希腊人当中还有谁会怕你？他将你最好的朋友杀死了，现在，墨涅拉俄斯这个全希腊的军人中的最怯懦的人，也要从你的手中抢走帕特洛克罗斯的尸体！”这番话让赫克托耳变得非常恼怒，他穿着闪闪发亮的铠甲冲到最前面。宙斯摇晃着他的神盾，浓云将伊得山隐蔽起来，天上发出雷霆和闪电，向特洛伊人显出胜利的预兆。决战更为激烈。埃阿斯对墨涅拉俄斯说：“墨涅拉俄斯，涅斯托耳的儿子安提罗科斯还活着吗？你有没有看见他？要找一个使者向阿喀琉斯报告帕特洛克罗斯的死讯，他是最好的人选了。”墨涅拉俄斯那敏锐的目光环顾着四周，很快就在战乱的人群中看见了涅斯托耳的儿子。“安提罗科斯，”他对他喊道，“你还不知道灾难已经降临到希腊人的身上，还把胜利给了特洛伊人吗？帕特洛克罗斯已经死了，希腊人失去了一个勇敢威武的英雄。有一个比他还要勇敢的人还活着，就是阿喀琉斯。你去问他愿不愿意来拯救帕特洛克罗斯的尸体，他的铠甲已让赫克托耳拿去了。”这个年轻人听到这个消息大吃一惊，禁不住泪流满面，长时间默不作声。终于，他把铠甲交给了他的驭手拉俄多科斯，然后朝着舰船的方向奔去。

「专家解疑」坚韧不拔：形容信念坚定，意志顽强，不可动摇。

「名师点拨」我们看到，宙斯在特洛伊战争中拥有无上的权威，他甚至可以根据自己的意志操控战局，由此显示出神与人之间不平等的关系。

「名师点拨」希腊神话中，阿喀琉斯与帕特洛克罗斯感情深厚，如今帕特洛克罗斯战死，铠甲也被抢走，这为阿喀琉斯接下来的行动埋下了伏笔。

当墨涅拉俄斯来到尸体旁边时，他和埃阿斯商量怎样把死去的朋友抢回去，他们对阿喀琉斯的到来并不抱多大的希望，因为他的铠甲已经被抢走了。他们把尸体举得很高，尽管特洛伊人在后面大声喊叫，挥动着长枪和宝剑，可是只要埃阿斯一转身面对他们，他们就被吓得脸色苍白，不敢上前去抢夺他扛着的那具尸体。他们花了很大的气力才把这具尸体从战场运送到舰船上，其他的希腊人也和他们一起逃了回来。埃涅阿斯和赫克托耳一直紧追不舍，那些退避的希腊人慌不择路，已经乱成一团，跨过壕沟退回去，他们把武器丢弃在路上。

「名师点拨」帕特洛克罗斯的死让战友分外悲恸，这悲恸化为了力量，让他们身上显示出慑人的魄力与力量。

「专家解疑」舰（jiàn）船：军用和民用船只的统称。

阿喀琉斯的悲恸

这时，安提罗科斯带着哀伤的消息奔向阿喀琉斯，从老远的地方他就哭着对他喊道：“我真的很痛心啊，珀琉斯的儿子，你现在要听到一个本来不该发生的不好的消息。我们英勇的帕特洛克罗斯阵亡了，他们都在为争夺他的赤裸的尸体而战斗，你的铠甲已经被赫克托耳剥走了。”阿喀琉斯听到这个坏消息，眼前顿时变得一片漆黑。他两手抓起黑色的土撒向自己的头、脸和他身上的衣服。随后他瘫倒在身后的岩石上，悲泣地叫喊起来。这哭泣的声音透过天空，传到了海底深处他的母亲忒提斯的宫殿。忒提斯和她的姐妹们一起穿过海浪来到海岸，从船旁浮出来，忒提

「名师点拨」这段话运用夸张的手法，生动形象地表现出阿喀琉斯对于帕特洛克罗斯的死是多么痛心。

斯直奔向正在恸哭的儿子。“孩子，你在哭什么？”她问道，悲伤地把他的头搂进怀里，“是谁伤了你的心？你快告诉我，不要对我隐瞒什么！你所想的已经都实现了：希腊人全都拥到你的舰船这边来，渴求得到你的帮助！”

阿喀琉斯沉沉地叹息一声，说：“母亲，帕特洛克罗斯死了，这一切对我来讲还有什么用呢，我爱他就如同爱自己的头一样！我那副精美闪亮的铠甲，就是在你的婚礼上众神送给珀琉斯的那件，已被杀他的凶手赫克托耳夺走。如果珀琉斯的妻子只是一个世间的凡人，你就要为你死去的儿子承受着人间的巨大痛苦，因为他永远都不会回到他的故乡了！*要是赫克托耳不被我手上的长矛刺穿，为我亲爱的帕特洛克罗斯报仇的话，我是不允许我活着的！*”

忒提斯含泪答道：“儿子，你短暂的生命很快就会枯萎，因为在赫克托耳之后，你的死期注定也到了。”阿喀琉斯听完，就愤怒地喊道：“如果命运不让我有机会为死去的朋友报仇，那么我还不如现在就死去。他远离家乡，没有我的帮助，他就死去了。我短暂的生命有什么用？我没有为帕特洛克罗斯和无数被害的朋友们带来平安。当他们都相继在战斗中死去时，我却待在船边没有任何行动。我在神和希腊人面前应该受到诅咒，这种愤懑和怨恨刚开始的时候使心灵能够甘之如饴，可不久以后，它就像一团在胸中熊熊燃烧的烈火！过去的都已经过去了，现在，我要去为

「专家解疑」

隐瞒（mán）：掩盖真相，不让人知道。

甘之如饴（yí）：感到像糖一样甜，形容甘愿承受艰难、痛苦。

「智慧引路」

阿喀琉斯为了报仇不惜付出自己的生命，这种精神还应结合当时特定情境考虑。在现代社会还应寻求公正、和平的解决手段，否则只是在做无谓的牺牲。

「名师点拨」

阿喀琉斯在得知帕特洛克罗斯死讯后的这段感情流露，表现出阿喀琉斯的重情重义与大无畏，暗示我们他即将展开最后的拼死一搏。

我的朋友们复仇，杀死那个凶手。*我的命运如何注定，就由宙斯和众神去处理好了。*特洛伊人也知道，在这场战争中，我休息的时间已经够长了！亲爱的母亲，请别阻止我去战斗！”

「智慧引路」在无可逃避的命运面前，阿喀琉斯并没有怯懦，这表现出当时人与命运之间的抗争。这也启示我们，命运掌握在自己手里，要勇敢地前行。

“我亲爱的孩子，你是对的，”忒提斯回答他，“令人遗憾的是，你那灿烂的铠甲此刻在赫克托耳手上，他还把它穿在自己的身上。可是他不会笑得太久的，明天太阳升起的时候，我会给你带来一副崭新的装备，是赫菲斯托斯亲手做成的。但是你在我回来之前千万不要去参加战斗。”女神说完就和她的姐妹们潜下海水，回到她们的海洋宫殿里去。她就匆忙前往奥林匹斯，专门去拜访锻冶之神赫菲斯托斯。

「专家解疑」崭（zhǎn）新：状态词。极新；簇新。

这时候争夺帕特洛克罗斯尸体的斗争仍在继续。如果不是伊里斯瞒着宙斯和众神，听从赫拉的命令，暗中飞到阿喀琉斯那里，去提醒他武装起来的话，那么赫克托耳就成功地把帕特洛克罗斯的尸体给抢走了。“但是我要怎样去作战，”阿喀琉斯问这位神祇的女使者，“因为我的敌人现在穿着我的铠甲。我的母亲不让我穿别人的装备，她要把由赫菲斯托斯亲手制造的一副新铠甲带来给我。我知道别人的武器都不适合我，除了埃阿斯的盾牌，但是他自己也要使用的，用来保护我那死去的朋友的尸体。”“我们知道，”伊里斯对他说，“你那副出色的铠甲被人抢走了，但是你就这个样子去壕沟，出现在特洛伊人的面前。他们要是从远处看到你，就会停止这场战斗，希腊人就可以暂时得到休整了。”

「名师点拨」阿喀琉斯只要出现在特洛伊人面前，就足以令他们望而生畏，这从侧面表现出阿喀琉斯的勇猛与力量的强大。

当伊里斯飞走时，阿喀琉斯像神一般站了起来。雅典娜把她的神盾挂到他的肩膀上，他的面庞映照出超凡的光彩。*他就这样快速地越过围墙出现在壕沟的旁边，可是他没有忘记母亲给他的忠告，没有前去参加战斗，只是停在远处大声地吼叫。*他的吼叫声与雅典娜的呼喊声混杂在一起，像战号一样刺激着特洛伊人的耳鼓。当他们听到阿喀琉斯那钢铁一般的声音时，他们的心里就有了一种不好的预感，他们的战马和战车纷纷往后退。驭手们惊恐地看到，珀琉斯儿子的脑袋上闪着火光。他从壕沟那边发出的三次愤怒的吼叫就让特洛伊的士兵陷入了三次混乱，他们的12个勇敢的士兵或者倒在战车下面死去，或者死于自己人的乱枪中。

「智慧引路」失去铠甲，阿喀琉斯听从母亲的劝告，并没有被复仇的念头冲昏头脑，这表现出他的理智与谨慎。而我们在做事情时，也应当学习这一点。

不久，他们把帕特洛克罗斯的尸体从特洛伊人手中夺了回来，英雄们把他放置在床上，朋友们都悲恸地围在尸体的四周。他的朋友的尸体被投枪刺得已经伤痕累累，尸体被停放在灵堂里，当阿喀琉斯看到时，他又一次置身于希腊人之中了，他伏身在尸体上。沉沉坠落的夕阳映照着这悲恸伤感的一幕。

「专家解疑」累(lěi)累：①形容累积得多。②屡屡。

「名师点拨」这里的环境描写起到了渲染气氛的作用。阿喀琉斯的悲恸与缓缓下沉的夕阳相呼应，情景交融，更加突显出伤感的气氛。

赫克托耳之死

在奥林匹斯山上，宙斯召开了一次众神会议，在会上他允许神祇随自己的意愿去帮助一方：特洛伊人或希腊人。依照这个旨意众神立即分道扬镳：众神之母赫拉、帕拉斯·雅典娜、波塞冬、赫耳墨斯和赫淮斯托斯奔向希腊人的舰船；阿瑞斯到特洛伊人那边，随他一道的有福玻斯·阿波罗和阿尔忒弥斯以及他俩的母亲勒托，河神斯卡曼德洛斯和阿佛洛狄忒。

「名师点拨」前面已经提到阿喀琉斯对于这场战争非常重要，这段话侧面烘托出了阿喀琉斯的勇猛及其在战争中的重要作用。

在众神还没有加入进攻的队伍中之前，希腊人已经稳占上风，因为令人恐怖的阿喀琉斯又在他们之中了。特洛伊人一从远处看到身披闪闪发亮的铠甲如可怕的战神般的珀琉斯儿子时，就害怕得四肢发抖。不过神祇们突然出现在两军之前，又使战斗变幻莫测了。

「名师点拨」特洛伊战争中，诸神各自支持着交战的一方，从中展现出“神”的欲望及任意操控人类的虚伪，表达出作者对“神”的否定。

雅典娜一会儿站在墙外，一会儿高声呼喊着站在海边。在另一方，阿瑞斯在激励特洛伊人，他如风暴一般在咆哮。专司纷争的女神厄里斯在双方之间来回奔跑，这场战争的统治者宙斯从奥林匹斯山上发出可怖的雷霆。波塞冬从下面摇撼大地，使众山之巅和伊得山的地基都动荡不止，甚至黑夜之王普路同都从宝座上惊恐地跳了起来，因为他怕大地裂开会使他的秘密王国暴露在人和神祇的面前。神祇之间随之开始了直接的战斗。阿波罗用他的弓箭与海神波塞冬交手，雅典娜对抗的是战神阿瑞斯，阿耳忒弥斯用他的弓同众神之母厮杀，赫耳墨斯和勒托交锋，赫淮斯托斯对抗的是斯卡曼德洛斯。

「专家解疑」交锋：①双方作战。②比喻双方比赛或争辩。

在相互厮杀的众神中，阿喀琉斯搜寻着赫克托耳。而在另一面，赫克托耳也在激励他的士兵，随后发生了一场激烈的肉搏战。

当阿波罗看到赫克托耳狂热地去迎向阿喀琉斯时，他就在他的耳边提出警告，于是赫克托耳惊恐地返回到他的战士中间。不过阿喀琉斯却在敌人中间冲杀，他的第一支投枪把勇敢的伊菲提翁的脑袋击碎，使他倒地死去，躺在最前面的一群密集的士兵中间。接着阿喀琉斯将安忒诺耳的儿子得摩勒翁的额头射穿，而希波达玛斯刚从战车上跃下，阿喀琉斯的长矛就刺穿了他的背。

当赫克托耳看到阿喀琉斯怎样把他的兄弟一一刺倒在地时，他眼前一团黑暗。他不能再长时间离开战斗，尽管有神的警告，他仍然径直地冲向阿喀琉斯，挥动他像闪电一样发出亮光的长矛。

「名师点拨」此处通过赫克托耳与阿喀琉斯行为的对比，直观地呈现出两人之间的力量与形象对比，衬托出阿喀琉斯的勇猛与强大。

阿喀琉斯走近了，此刻的他像战神一样威严可怕。他右肩上白蜡木杆长矛在颤动。他的铠甲在他四周熠熠闪亮，如一团大火。赫克托耳一看到他，身不由己地战栗了。他无法再静止不动。他转过身，朝城门奔去，不过阿喀琉斯像一头扑向鸽子的雄鹰似的追了过来。赫克托耳沿着特洛伊城墙，顺着车道逃跑，越过斯卡曼德洛斯河的两股咆哮的源头，一个是冷水，一个是热水，围着城墙跑个不停。一个强者在逃，一个更强的人在追，他们围着普里阿摩斯的城墙跑了三圈。

「名师点拨」这段话虽然没有直接写出阿喀琉斯如何勇猛，但借助“长矛在颤动”“如一团大火”等意象却完美地烘托出了这一战神的形象。

阿喀琉斯投出他的长矛，但赫克托耳蹲了下来，长矛飞越过去插入地里。雅典娜拔了出来，马上偷偷地交还给阿喀琉斯，不让赫克托耳看见。赫克托耳也愤怒地把他的投枪掷出，没有落空，击中阿喀琉斯盾牌正中心，不过它滑落了。赫克托耳惊愕地转向得伊福玻斯，因为他手中没有第二支投枪可用，然而他的弟弟不见了。赫克托耳马上醒悟过来，刚才是雅典娜蒙骗了他。

「专家解疑」惊愕：吃惊而发愣。

赫克托耳意识到，他的命运现在已经定了。不过他不愿意不

光彩地死去。他从剑鞘中将巨大的宝剑拔出，随即扑了过去，如一头鹰扑向一只羊羔一样。阿喀琉斯并没有等待，他手持长枪迎将上来。他在窥伺赫克托耳的身体，他在寻找机会，以便刺出致命的一击。阿喀琉斯找准时机急速地刺出一枪，狠狠地刺中了他的脖颈，使枪尖直穿过喉咙。赫克托耳用最后一口气向阿喀琉斯乞求说："阿喀琉斯，面对你的生命，你的双膝，你的父母，我恳求你，不要把我弃于船旁让野狗撕碎吞食！随你要多少青铜、黄金，把我的尸体送回特洛伊，让那儿的男人和女人给予我火葬的荣誉。"

然而阿喀琉斯摇摇他那可怕的脑袋说道："你不必面对我的双膝，我的父母恳求什么，你这杀害我朋友的凶手！即便你的同

「好词好句」

窥伺

* 他从剑鞘中将巨大的宝剑拔出，随即扑了过去，如一头鹰扑向一只羊羔一样。
* 他在窥伺赫克托耳的身体，他在寻找机会，以便刺出致命的一击。

胞拿出 20 倍的赎金，我也要把你扔给野狗。”

“我认识你了，”赫克托耳临死前呻吟说，“你是铁石心肠！当神祇为我复仇，你在斯开亚门前被阿波罗射中倒地像我现在这样时，你就会想到我的！”说完这个预言家的灵魂飞离了肉体，向冥府去了。

阿喀琉斯朝着死者喊道：“你去死吧，我接受命运的安排，什么时候死，随宙斯和众神的意愿好了！”说着他就把长枪从尸体中拔出，放到一旁，随后他从死者的肩上剥下原属于自己的那副血淋淋的铠甲。

「名师点拨」这段话表现出阿喀琉斯大义凛然的一面，他已经不受命运的钳制，不受命运的摆布。

此刻，希腊军队中跑来许多参观赫克托耳尸体的士兵。阿喀琉斯站在他们中间说道：“朋友们和英雄们！众神保佑我征服了这个男人，他给我们造成的灾难比所有其他人合起来的还要多，如今让我向特洛伊城去显示一下我们的力量！男子汉们，唱起凯旋之歌，让我们首先把我为我的朋友而杀死这个敌人的消息带给它！”

「专家解疑」凯（kǎi）旋：战胜归来。

特洛伊人和同盟军的哀号和恐惧的叫喊响彻整个城市。经过了激烈的战斗后，已经非常疲惫的两支军队终于都停下来休息了。

在赫克托耳的葬礼之后，特洛伊人又都聚在城墙的后面，这是由于他们对无畏的阿喀琉斯的力量非常恐惧，害怕他的靠近。笼罩整个城市的是无尽的哀悼和悲恸，痛苦是这样巨大，就如特洛伊已被占领者的大火吞噬了一般。

「名师点拨」此处将哀悼与悲痛这一抽象的情感物化，通过形容其笼罩在整个城市中，直观地呈现出特洛伊人的痛苦。

门 农

「智慧引路」
战争是残酷无情的，会为人类带来重大灾难。通过特洛伊战争，我们应该更加珍视现在的和平，并从小处着眼，减少人与人之间的纷争。

*早晨的太阳照射着特洛伊这座充满灾难的城市。特洛伊人戒备地坐在他们的城墙上，他们在担心强大的希腊军随时都有可能用云梯攀上城墙，把他们美丽而古老的家园化为瓦砾。*这时，一个老人站了起来，他名叫堤摩忒斯，说道：“朋友们！我也想不出还有什么办法能够让我们摆脱毁灭的灾难。自从英勇的赫克托耳死在阿喀琉斯的手上以后，不管哪个神祇，要是来救助我们都会死去的。他不是把希腊人都畏惧的阿玛宗女王给杀了吗？她令人敬畏得让我们大家都相信她就是一位女神，看到她的脸我们就会感到欢欣。可是她也只是一个凡人，也会死去，这是多么令人惋惜呀！我们要好好考虑一下，如果我们离开这座注定要灭亡的城市而去寻找一个更安全些的住处，避开希腊人对我们的残酷杀戮，那样是不是更好一点！”

「专家解疑」
杀戮（lù）：杀害（多指大量地）；屠杀。

「智慧引路」
冒险精神能展现出一个人的勇敢，但同时也会带来一些牺牲，这也启示我们面对冒险的事情必须谨慎。

普里阿摩斯在会议中站起来说：“盟友们！亲爱的朋友们，我们不要因为怯懦而轻易放弃我们所热爱的这座城市。*如果我们想在战斗中突围的话，那就得冒更大的险。*我们还是先等待，埃塞俄比亚人门农已经在路上了，他们是来援助我们的！我向他们派出使节请求援助已经有很长的一段时间了，所以我们再等一些时日。即使在战斗中死去，也比在异乡屈辱的生活要好得多！”

这时，英雄波吕达玛斯站出来表达他的意见，“如果门农真

的来了，”他说，“那我没有什么可反对的！但是我怕这个人连同他的伙伴都会在我们这里死去，给我们带来的只是更多的灾难。可我也决不同意我们应当离开我们父辈的国家。*最好的办法依然是，我们把海伦连同她从斯巴达带给我们的一切，在敌人掠夺走我们的财富和焚烧我们的城市之前，都重新交还给希腊人！*”

特洛伊人在心里都欢迎这种讲话，可他们不敢公然地去反对他们的国王。在另一方，海伦的丈夫帕里斯站了起来，他指责波吕达玛斯是最为怯弱胆小的人：“一个提出这样建议的人在战场上必定是第一个逃跑的人。特洛伊人，你们想一想，赞成这样建议是不是明智。”

波吕达玛斯知道得很清楚，帕里斯宁愿在军队中激起一场兵变，甚至宁愿去死，也不会放弃海伦。为此他一声不响，整个会议与他一样陷入沉默。会议还在进行讨论期间，这时传来了好消息，门农已经到了。特洛伊人一片欢腾，但尤为高兴的是普里阿摩斯国王，因为他毫不怀疑，人多势众的埃塞俄比亚人一定会烧毁敌人的舰船。这时，勇士波吕达玛斯说出了他的意见：“如果门农真的来到了，那我没有什么可反对的！”

晨光女神厄俄斯的儿子门农来到特洛伊的时候，国王给了他丰厚的礼品，设盛宴对他热情地款待。他们交谈得越来越欢洽，共同哀悼死去的特洛伊英雄。门农讲到了他的父母亲：提托诺斯和厄俄斯女神，讲到了大地的尽头和一望无际的海洋，还说到太

「智慧引路」

帕里斯当初不顾一切劫走海伦引发了这场激烈的战斗，这都是人类的贪欲带来的恶果。由此警示我们，不要让贪欲无限扩张，要学会去控制它，从而避免其危害。

「名师点拨」

帕里斯非常会蛊惑人心，他不会提及这场战争、众多人的死亡都是因何而起，只知道一味地挑唆。

「专家解疑」

兵变：军队哗变。

阳的早起晚落和他所走过的远路：从大洋的海岸到伊得山的顶峰再到普里阿摩斯国王的城市。

特洛伊国王愉快地听着他所讲述的这一切，热情地握着他的手说："门农，我要感谢众神，他们让我这个老人能够见到你带着你的军队来到我的宫殿，让我有机会能够款待你。你超凡出众，像是一位神祇，所以我相信你一定会消灭敌人！"说话的同时，国王就举起一个纯金的酒杯，与新到来的同盟者对饮。门农对这只精致的金杯感到很惊奇，这是赫菲斯托斯的杰作，已经成了特洛伊王室的传家宝，门农回答说："在这种欢宴的场合里不应该说大话和做出承诺，所以我现在还不能对你做出任何许诺，国王，我现在静下心来去品尝这些精美的菜肴，好为要做的事情做好充分的准备。一个人能不能称得上是英雄，只有在战场上才能表现出来。可现在我们就要去休息了，因为过度地享用美酒和彻夜狂欢对一个将要加入战争的人是有害的。"说完话，门农就冷静地站了起来，普里阿摩斯让他的客人先去休息，其他的客人也跟着退出，于是，人们都各自回去安睡了。

清晨，黎明女神厄俄斯勉强地升上天空，因为她听到了宙斯说过的话，她心里很明白，她的儿子门农将会有一种什么样的命运。但是门农很早就醒来了，他迫不及待地起床要为他的朋友去参加这场残酷的战斗。特洛伊人都穿好铠甲，和来自埃塞俄比亚的客人们一起迅速冲出城门，冲向战场。路上的士兵密集，脚下飞扬

「好词好句」
超凡出众
迫不及待
*清晨，黎明女神厄俄斯勉强地升上天空，因为她听到了宙斯说过的话，她心里很明白，她的儿子门农将会有一种什么样的命运。

「专家解疑」
同盟（méng）：①为采取共同行动而缔结盟约。②由缔结盟约而形成的整体。

「哲理名言」
一个人能不能称得上是英雄，只有在战场上才能表现出来。

着漫天的尘土。

希腊人从远处看着特洛伊人蜂拥而来，都觉得很惊讶，就迅速拿起武器，跑了出来。阿喀琉斯威武地坐在战车上，像一个天神，仿佛是宙斯手中的雷电。但特洛伊人的队伍也很威武雄壮，人数众多的士兵簇拥着门农，听从他的指令，战斗的激情高涨。战斗开始了，两支军队像两片大海一样迎头撞到一起，犹如咆哮的海浪翻卷起来。短兵相接，长矛与长矛互相交战，战斗的喊杀声不绝于耳，不久，两支队伍在交战中倒下的人发出了尖厉的哀号。一个又一个的特洛伊人在阿喀琉斯的枪下倒下去了。而门农也像一个令人害怕的灾星一样对着希腊士兵大开杀戒，他们在他的武器下哀叫、死亡。涅斯托耳有两个很好的伙伴死在他的手下。现在他正在逼近这个来自皮罗斯的人，看来涅斯托耳也可能会死在这个埃塞俄比亚人的手下，因为涅斯托耳的战车的其中一匹马已经被帕里斯一箭射伤。当门农捡起长枪向他奔来时，他的战车已经无法继续驶行。涅斯托耳惶恐地喊着他的儿子安堤罗科斯来救命，他的喊声传到了安堤罗科斯的耳朵，他救父心切，火速向这边飞奔过来，挡在父亲的胸前，他把投枪投向门农，门农侧身躲开了，但投枪却击中了他身边的朋友，皮拉索斯的儿子厄托普斯。于是门农捡起一块石头向他掷去，刚好碰在他的头盔上被弹落下来，门农接着用长枪刺进了他的心脏，安堤罗科斯用自己的死救回了父亲的生命。

「名师点拨」
这里运用了比喻的修辞手法，将两支军队形容成两片大海，形象地展现出两军之间激烈而又声势浩大的战斗。

「专家解疑」
短兵相接：双方用刀剑等短兵器进行搏斗，比喻面对面地进行针锋相对的斗争。

「名师点拨」
这场战争又加入了一个强大的参战者，但是越多、越强的人卷入，同样就有越多的人牺牲，这就是战争的残酷。

希腊人看到安堤罗科斯倒在地上死去时，都感到非常悲痛。但是涅斯托耳的父亲更是痛不欲生，正是因为他，儿子才会死在他的面前。但他依然保持冷静，喊来了他的另一个儿子特拉绪墨得斯，保护他兄弟的尸体。特拉绪墨得斯在战斗的厮杀声中听到了父亲的召唤，他和斐柔斯一同赶来与门农进行战斗。门农沉着地让他们靠近自己，他们扔过来的投枪都从他的铠甲旁边飞过，因为他那个作为神祇的母亲已经给他的铠甲下了保护的咒语，这些投枪都没有击中他。

「专家解疑」痛不欲生：悲痛得不想活下去，形容悲伤到极点。

门农正准备去剥下安堤罗科斯身上的铠甲，希腊人围在他的周围想阻止他，但都毫无作用，他们就像一群野狼正在看着一头狮子撕碎牝鹿一样。当涅斯托耳看到这种情况时，他就大声地哀号起来，叫着他的其他朋友，他自己也跳下战车，用衰弱的力气去保护他儿子的尸体。可是当门农看到他跑过来时，就主动避开他，就像看到自己的父亲一样，对涅斯托耳充满敬畏之情。他说：“老人，我不想与你交手！我从远处看以为你是一个年轻的战士，所以才向你投出了投枪，而现在我才发现你太老了。你赶快离开战场避开我，我真的不忍心杀你，让你和你的儿子死在一起！*如果在力量悬殊的战斗中冒险作战，那么人们一定会说你是一个地道的傻瓜！*”但涅斯托耳却说：“门农！你说错了，一个人为儿子的死过度悲伤而起来战斗，要把凶手从他儿子的尸体旁边赶走，没有人会说他是一个傻瓜！你以为我是一个老年人！现在我是一

「名师点拨」这里运用比喻的修辞手法，形象地呈现出各方之间的力量对比，交代了门农力量的强大。

「智慧引路」这句话启示我们，双方之间力量悬殊时，就要懂得另想办法或采用迂回的办法，直接冲突只能让人一败涂地。

头年老体衰的狮子，就连看护羊群的家狗都敢来与它较量！但是，我还可以战胜很多的人，以我的年纪只有少数的几个人能让我避开！”然后他就退开了，他的儿子躺在地下。门农带着他的埃塞俄比亚人继续在战场上冲杀。

「名师点拨」儿子的死亡唤醒了年迈的父亲的斗志，从中我们可以看到父亲对儿子的爱，也见到了战争无情的一面。

涅斯托耳走到阿喀琉斯的面前，对他说：“希腊人的保护者，你快看，我的儿子还躺在那里，门农夺走了他手上的武器，野狗很快就要吞食他的尸体！你快去救护他，只有愿意去保护死去的朋友的人才是一个真正的朋友！”阿喀琉斯听着他的话，看到这个埃塞俄比亚人正在把希腊人一群又一群地斩杀，他就痛苦得无法自持。随即，他就果断地朝门农冲去。门农一看到阿喀琉斯奔来，就从地上拿起一块巨大的石头，用力掷向敌人手中的盾牌。但石头弹落下来，阿喀琉斯把战车甩在后面，自己就徒步冲向门农，用长枪刺中了他的右肩。门农毫不在意这一击，他快步冲了上来，用他那有力的长矛刺到了阿喀琉斯的胳膊，顿时血流如注。这时门农得意扬扬，高兴得大叫起来：“可怜虫，你无情地屠杀那么多特洛伊人，现在站在你面前的是一个你无法战胜的天神之子，我的母亲厄俄斯是奥林匹斯山上的一个女神，比你那个只会与海怪为伍的母亲忒堤斯要高贵得多！”但阿喀琉斯微笑着说：“最后的结局会证明，我们谁的父母更高贵！现在我要替年轻的安堤罗科斯对你复仇，就像我为我的好朋友帕特洛克罗斯对赫克托耳复仇一样。”

「专家解疑」自持：控制自己的欲望或情绪。

「名师点拨」勇猛的门农刺伤了阿喀琉斯，但他因此将自己说成是无法战胜的天神之子，这一语言描写表现出他的骄傲和自负。

阿喀琉斯用双手握着他那锋利的长矛向门农刺去。他们俩厮杀在一块儿。宙斯让他们在这时变得比普通人更强大有力，精神旺盛，彼此都刺不中对方，他们逼近对手，头盔上的羽饰也碰到一起。他们都想在铠甲上方或者盾牌下面把敌人刺伤，但始终没有成功，他们的铠甲叮当响起。埃塞俄比亚人、希腊人和特洛伊人的喊杀声直冲云霄，他们脚下飞扬起尘土，英雄们相互厮杀的时候，士兵们之间的战斗停了下来。

「专家解疑」
云霄（xiāo）：极高的天空。

奥林匹斯众神从圣山高处看着下界，他们对这场战斗难分高下十分高兴，他们有的是为了阿喀琉斯的强大而高兴，有的则是因为门农的勇敢而自豪。直到宙斯把两个命运女神召来并且命令她们，把黑暗降临到门农身上，把光明降于阿喀琉斯，众神之间很快就会爆发一场争吵。奥林匹斯山上的天神听到这个命令就大声地喊了起来，他们有的是出于喜悦，有的是为了门农而悲痛。

「好词好句」
喜悦
难分难解
* 他们时而用长枪，时而用石头，时而用剑攻击对方，都不肯退缩，像崖石一般坚定。

这两位英雄仍然在继续厮杀，不知道命运女神已经光顾。他们时而用长枪，时而用石头，时而用剑攻击对方，都不肯退缩，像崖石一般坚定。在他们身边的伙伴也同样杀得难分难解。但命运女神终于决定了，阿喀琉斯的长枪刺进了对手的前胸直穿入后背，门农慢慢地倒在地上。

「名师点拨」
看到门农的死，黎明女神厄俄斯以浓云让大地笼罩在一片黑暗之中，通过这样情景交融的描写，衬托出一个母亲的悲伤。

特洛伊人开始慌张地逃跑了，阿喀琉斯紧追不舍，像一阵飓风一样尾随而来，他的朋友剥下门农尸体上的铠甲。厄俄斯在天上沉重地悲叹一声，用浓云把自己裹起来，大地也变得一片黑暗。

厄俄斯的孩子们、厄俄斯和其他仙女一起从天而降，含着眼泪把她的儿子埋葬在这里。特洛伊人返回城里，他们也为门农的死而万分悲恸，希腊人也没有感到喜悦。他们虽然赞扬军队的骁勇，阿喀琉斯的胜利，但也和涅斯托耳一起为他可爱的儿子安提罗科斯而悲泣。欢乐和悲痛使他们彻夜不眠。

「专家解疑」
骁（xiāo）勇：勇猛。

阿喀琉斯之死

次日清晨，安堤罗科斯的尸体被他的同胞抬到舰船，安葬在赫勒斯蓬托斯的海边，他们发出一片悲哀的哭声。涅斯托耳的心情十分镇定，他极力控制着自己的悲痛，可是阿喀琉斯却很难平静下来。*朋友的死让他大为震怒，天刚亮他就冲向特洛伊人。*尽管他们对阿喀琉斯的长枪感到相当惊恐，但依然拿起武器打开城门奋不顾身地投入战斗，立刻又杀得天昏地暗。阿喀琉斯杀死了大量的特洛伊人，把他们追到城下。他那超人的力量能够把城门从门轴里抬起来，为希腊人打通进入普里阿摩斯城市的道路。

「智慧引路」
这一段再次表现出阿喀琉斯重视友谊的性格特征，同时也是我们应该学习的地方，这样当我们遇到困难时，朋友也会挺身而出。

福玻斯·阿波罗在奥林匹斯山上看到阿喀琉斯杀死了无数的士兵，他已经愤怒至极，就像一头发疯的猛兽，从神座上冲下来，背上足以致人死地的箭袋。箭袋和箭镞在里面叮当作响，他的眼睛里喷出火来，他愤怒的步伐使大地为之一颤。阿波罗站在阿喀琉斯的身后，用可怕的声音对他说：“珀琉斯的儿子，放开特洛

「好词好句」
奋不顾身
天昏地暗
*箭袋和箭镞在里面叮当作响，他的眼睛里喷出火来，他愤怒的步伐使大地为之一颤。

伊人，你不要那么嚣张！要当心，不要让一个神祇来毁灭你！”阿喀琉斯听到这个神的声音，但他没有惧怕，根本不在乎这些警告，他大声地对他喊道：“你难道要激怒我去和一位神战斗？你为什么要去偏袒特洛伊的坏蛋？你让赫克托耳第一次在我眼前逃脱时，就已经够让我恼火的了。我劝你快远远地离开，回到众神那里去，别让我的长枪把你击中，即使你是一个不会死的神祇！”

他说完这番话就转身离去，又重新跑向他的敌人。愤怒的阿

「智慧引路」

阿喀琉斯虽然知道无法战胜天神，依然表现出不屈服，让我们看到了一个敢于向不公抗争的英雄形象。而我们在遇到不公正的事情时，也应具备这样的抗争精神。

波罗把身体藏在一片浓云之中，他弯弓搭箭，一支箭射中了阿喀琉斯容易受伤的脚踝。一阵剧痛从脚跟直涌上阿喀琉斯的心头，他像一座高塔毁了基础一样栽倒在地，躺在那里看着四周，用他那尖厉可怕的声音叫道："是谁朝我射出这卑鄙的一箭？有胆量就来面对面与我较量！胆小鬼总是喜欢在暗处偷袭勇士！好好听着，哪怕他是一个神祇！我想起来了，这一定是阿波罗干的。我的母亲忒提斯以前对我说过，我会在斯开亚城门被阿波罗的神箭射死，她说的话果然应验了！"

「专家解疑」
偷袭（xí）：趁敌人不防备时突然袭击。

阿喀琉斯疼痛得呻吟不止，他从伤口拔出箭镞，看到黑血不断从伤口涌出时，他就愤恨地把它远远地抛开。阿波罗把箭镞拾起来，又隐身在浓云中回到奥林匹斯。他从迷雾中走出来并且重新来到众神中间。支持希腊的赫拉发现了他，极为愤怒地对他说："福玻斯，你刚才干了一件坏事！你还曾经参加过珀琉斯的婚礼，和其他神祇一样，在喜宴上享受过美酒佳肴，曾经也高声吟唱，共同为珀琉斯的后代祈福。可如今你却袒护特洛伊人，还杀死了他唯一的儿子！你这么做完全是出于嫉妒。你这个可恶的家伙，今后你还有什么脸面去见涅柔斯的女儿？"

「名师点拨」
阿波罗为了袒护特洛伊人，竟然向阿喀琉斯放冷箭。可见，在希腊神话中，天神和人一样也是有缺点的，展现出希腊诸神的世俗性特征。

阿波罗不说话，离开众神坐到旁边，把头垂下去。血液仍然在阿喀琉斯结实的四肢中奔腾，呼喊着要战斗，没有一个特洛伊人敢上前接近这个受伤的人。他从地上一跃而起，挥舞着长矛，再次冲向敌人，击中了赫克托耳的朋友俄律塔翁，矛尖直刺入他的大脑。随后他的矛刺中了希波诺斯的眼睛，穿进了阿尔卡托俄斯的脸，杀死了许多正要逃跑的人。接着，他的四肢渐渐变冷了，

「名师点拨」
阿喀琉斯悲壮地迎接着自己的死亡，他死前的英勇更加衬托出这位英雄的无畏无惧。

他只得停下来，拄枪而立。特洛伊人因为慑于他的威力而纷纷逃命，他那雷鸣般的喊声在那些逃跑的人身后响起：“逃命吧！就算我死了，你们也无法从我的长矛下逃开，我的复仇之神将会继续惩罚你们！”他们惊惶地抱头鼠窜，因为他们还认为他没有受伤。阿喀琉斯的四肢变僵了，倒在一群死尸当中，大地发出轰响，他的铠甲发出铿锵的响声。

「专家解疑」
铿(kēng)锵(qiāng)：形容声音响亮而有节奏。

帕里斯首先发现了阿喀琉斯的尸体。他大声欢呼起来，提醒特洛伊人上前去抢尸体，于是，一大群士兵集聚到死者的周围。但埃阿斯守护着尸体，把那些想靠近的敌人用长矛挑开，每当有人来和他战斗时，就要受到他致命的一击。到最后，埃阿斯已经不限于去保护尸体了，而是冲向特洛伊人，对他们大开杀戒。吕喀亚人格劳格斯被埃阿斯的长矛刺死。特洛伊高贵的英雄埃涅阿斯在战斗也受了伤。和埃阿斯一起作战的有俄底修斯还有其他的希腊军，而特洛伊人的抵抗越来越强，俄底修斯的右膝受了重伤，鲜血从闪亮的铠甲里涌出。帕里斯这时竟然敢于用长枪突然刺向埃阿斯，但埃阿斯发现之后立即举起一块巨石，扔向他，打中了他的头盔，他就躺倒在地，箭镞撒得满地都是。帕里斯气息奄奄，呼吸微弱，他的朋友们把他抬到战车上，用赫克托耳留下的战马把他拉到城里。埃阿斯把特洛伊人再一次赶回城里，这时，他跨过遍地的尸体和散落的铠甲向着赫勒斯蓬托斯奔去。

「名师点拨」
在古希腊神话中，帕里斯有很多负面性格，他不仅感情用事、做事不顾后果，而且还很无能，不敢和阿喀琉斯正面迎战的他，却在其人死后欢呼雀跃。

「好词好句」
气息奄奄
魁梧
* 埃阿斯把特洛伊人再一次赶回城里，这时，他跨过遍地的尸体和散落的铠甲向着赫勒斯蓬托斯奔去。

这时候，诸王把阿喀琉斯的尸体抬到舰船上，围在他的周围，陷入了无尽的悲伤之中。埃阿斯跑过来号啕大哭，为失去一个表兄弟而悲恸不已。年老的福尼克斯紧紧抱着阿喀琉斯魁梧高大的身躯，伤心得老泪纵横。*他想起了珀琉斯把孩子放到他的怀里，嘱托他抚养并且教育的那一天，父亲和教育的人都活着，而孩子却已经死了！*墨涅拉俄斯、阿伽门农兄弟与希腊士兵也都为他而哭泣。哭声直冲云霄，从舰船发出回响。

「智慧引路」
父母对我们的爱是伟大而无私的，从这段话中我们应当懂得不要让父母伤心，学会体谅父母。

满头白发的涅斯托耳终于停止了悲泣，提醒其他人把英雄的尸体洗干净，搬到灵床上，然后为他举行礼葬。人们就用温水把阿喀琉斯的身体洗净，给他穿上他的母亲忒提斯在他出征时为他准备的华丽服装。当他穿着整齐地躺在帐篷里时，雅典娜在奥林匹斯山上同情地看着她的宠儿，在他的头上洒几滴香气四溢的神水，这是为了不让死者的尸体腐烂变形。躺在灵床上的英雄仍然如此威严庄重、**栩栩**如生，所有的希腊人都为之感到惊奇，他仿佛只是处在恬静深沉的睡眠之中，不多久就会醒来似的。

「专家解疑」
栩（xǔ）栩：形容生动活泼的样子。
肝肠寸断：形容非常悲痛。

希腊为阿喀琉斯而发出的巨大哭声也传到了海底，他的母亲忒提斯和其他几个女儿也听到了他们的哭声。巨大的痛苦让她们**肝肠寸断**，她们也放声大哭，赫勒斯蓬托斯的大海也发出巨大的回响。夜晚，她们穿越海水来到希腊人的舰船旁，海怪们也和她们一起哭泣。**她们悲伤地走到尸体跟前，忒提斯抱起她的儿子，吻着他的嘴，泪如雨下，大地都被她的泪水所湿透。**希腊人都退下去，直到女神们都回到海底时，他们才又靠近尸体。

「名师点拨」
忒提斯的眼泪不可能把大地湿透，但这样夸张的表现手法，正表现出一个母亲在儿子战死之后的悲伤。

天刚破晓，希腊人去伊得山搬运来无数的木材，把它们堆得高高的，把从死人身上取下来的铠甲、祭祀用的牲口，还有黄金和贵金属全都放在火堆上。希腊的英雄们剪下自己的头发，阿喀琉斯喜欢的女仆布里塞伊斯献上她的一绺卷发，作为给阿喀琉斯

「好词好句」
疾风
灰烬
＊他们武装整齐，骑在马上或者步行绕着火葬堆行走。
＊火焰已经点燃，烈焰熊熊烧起，战士们发出一阵阵哭声。

「名师点拨」
此处运用了衬托的表现手法，以巨人衬托出阿喀琉斯作为英雄，在人们心中高大的形象。

「专家解疑」
得手：做事顺利；达到目的。

的最后礼物。他们在堆起的木材上浇油，放上美酒和盛装蜂蜜的大碗，把尸体放在木架上面。然后他们武装整齐，骑在马上或者步行绕着火葬堆行走。火焰已经点燃，烈焰熊熊烧起，战士们发出一阵阵哭声。风神埃俄罗斯听从宙斯的指令送来疾风，直吹进堆起的木材中间，使火葬堆和尸体在短短几个小时之内烧成灰烬。英雄的遗骸仍然像一个巨人一样躺在那里，和那些同他一起火化的分开来。他的战友们叹息着把遗骸收集起来，放进一个镶有金银的宽大的匣子里，安放在海边一个庄严的地方，和他的好朋友帕特洛克罗斯的遗骨并排合葬在一起，并为他们筑起了一座高大的坟墓。

木马计

此后几年，希腊人围攻特洛伊城一直不能得手。希腊英雄们都很苦恼，后来他们想出一个好办法来结束这场可怕的战争。想出这个办法的是狡猾的奥德修斯，他说："朋友们，让我们先制造一只巨大的木马，把勇敢的希腊人藏在马肚子里，其余的人就乘船离开特洛伊海岸，我们假装撤退，并且在出发前将军营彻底烧毁，让特洛伊人相信我们是在撤退。然后我们让一个特洛伊人不认识的士兵扮成逃难的人混进城去，告诉他们希腊人造了一个巨大的木马，准备将木马献给特洛伊人的敌人——智慧女神雅典娜。而他自己当时就躲在马肚子下面，等到希腊人撤退后才偷偷爬出来的。这位士兵一定要跟特洛伊人讲这个故事，并且要讲得真实可信，让特洛伊人不会怀疑，而且还要设法说动特洛伊人把木马弄进特洛伊城内。等特洛伊人睡着后，他要给我们发出预设的信号。这时，藏在木马里的人就要爬出来，并且点着火把召唤藏在忒涅多斯岛海域的战士们。到时候，我们就一举消灭特洛伊人。”

「名师点拨」这一木马计非常高明，能够使希腊人打入对方心脏。而“特洛伊木马”一词实际上也成为“挖心战”的同义语，比喻打入敌人心脏的战术。

大家对这个妙计十分赞成，于是立刻分头赶制木马，而雅典娜女神也赶来帮忙，木马很快就做好了。奥德修斯召集大家说：“现在我们要找到最勇敢的人钻进马肚子，其余的人要先乘船到忒涅多斯岛去。而在木马附近还要留一个胆大机灵而且会说话的人。谁愿意担任这一重任呢？”

最后，一个叫西农的人挺身而出。于是一切都安排就绪，涅俄普托勒摩斯穿上盔甲，第一个走进宽敞而漆黑的马肚子。紧跟着，墨涅拉俄斯、狄俄墨得斯、斯忒涅罗斯、奥德修斯和其他许多英雄也走了进去，他们紧紧地挤在马肚子里。最后，木马的制造者厄珀俄斯也钻进了马肚子，他把梯子拉进去，从里面把木马关好。马肚子里的英雄们接受了命运的安排，静静地等待着。其余的希腊人则烧掉了帐篷和营具，然后乘船驶向了忒涅多斯岛，在那里等待远方传来的火光信号。

「好词好句」
挺身而出
安排就绪
* 马肚子里的英雄们接受了命运的安排，静静地等待着。
* 其余的希腊人则烧掉了帐篷和营具，然后乘船驶向了忒涅多斯岛，在那里等待远方传来的火光信号。

特洛伊人在城头看到烟火，发现希腊人的战船已经离去都很高兴。后来，他们跑到海边，抓到了躲在木马肚子下的西农。西农非常聪明，他对着特洛伊士兵哭诉道：“天哪，我的命运太悲惨了。我本来就是被迫来到这里，但现在，希腊人把我赶了出来，而特洛伊人正要杀死我！”特洛伊人被他感动了。于是他告诉他

「专家解疑」
祭品：祭奠或祭祀时用的贡品。

们自己被迫成为希腊人的祭品，幸好在最后关键时刻逃了出来。

他的这个谎言甚至取得了普里阿摩斯国王的信任，允许他在城里安身。当被问到这木马从何而来时，西农就举起双手，装成祈祷的样子：“众神在上，希望你们为我做证，我和希腊人的关系已经断绝。现在我要泄露希腊人的秘密，所以我所说的一切都不会是一种罪过了！希腊人在临走前按照预言家的建议，造了这匹巨大的木马，以此作为献给女神的礼品，卡尔卡斯还特意要求将马身制造得特别高大，这样特洛伊人也就没有办法把木马拖进城。据说木马如果拖进城里，智慧女神雅典娜就会决心保护你们而放弃保护希腊人了。不过，预言中还说，要是你们破坏了这匹木马，就会中了希腊人的圈套，那么女神就会惩罚你们，并且会毁灭你们。”

「名师点拨」
西农的这段谎言编织得异常巧妙，从各方面引导特洛伊人将木马搬进城里，显示出其巧妙的说话艺术。

西农的这一番谎话说得天衣无缝，普里阿摩斯与特洛伊人都信以为真，立刻着手准备，将木马拖回城里。

这天夜里，特洛伊人因为希腊人的撤退举行了一场饮宴，庆祝最终的胜利。所有的士兵都喝得醉醺醺的，彻底解除了戒备。西农假装喝醉，躺倒睡着了。深夜，他看到所有人都睡着了，就偷偷地摸出城门，点着了火把，向远方发出了之前约定好的信号。*之后，他又放出了木马里的英雄。这些希腊人分散到城里的每条街道，把醉酒和睡得昏沉的特洛伊人全部屠杀，并放了一把火，让特洛伊城变成了一片火海。*

「智慧引路」
木马计启示我们，堡垒内部最容易攻破，强攻不如智取，战争的较量不只取决于武力，智力更加重要。

很快，那些装作撤退的希腊船队也飞快地行驶过来，上岸后他们冲进城里，将特洛伊城变成了废墟。城里到处是哭喊声和悲叫声，随处可见特洛伊人的尸体。场景非常凄惨和恐怖。可是希腊人也遭到重大损失，一部分特洛伊人仍然很顽强，面对冲来的希腊人进行英勇的还击。

死神变得很忙碌，四处游荡，因为大批的特洛伊人正在被屠杀。特洛伊英雄埃涅阿斯看到经过多时的拼杀最终不能击退敌人时，他在大船快要沉没的时候，跳上一只小船，不愿意和大船一起埋葬海底。他背上年迈的父亲安喀塞斯，牵住儿子阿斯卡尼俄斯的手，急急忙忙地逃了出去。埃涅阿斯的母亲阿佛洛狄忒也跟着他们，保护她的儿子不受火焰伤害。希腊人射出的箭和投掷的矛也没有击中他们，埃涅阿斯成了唯一带着老小逃出这座城市的人。后来埃涅阿斯带着这群人来到了意大利，在那里建立了罗马城，成为罗马人的祖先。

「名师点拨」
作者并没有直接写特洛伊人被屠杀的情景，而是从侧面借助死神忙碌地四处游荡表现出来，这种方法显得较为委婉，但表达效果却异常触目惊心。

墨涅拉俄斯找到了他那不忠的妻子，但是面对这样一个美丽的女人，他无论如何也无法下手将她杀死。后来，他与海伦一同回到斯巴达。但墨涅拉俄斯死后，她又被驱逐到了罗德岛。

「专家解疑」
驱（qū）逐：赶走。

战争结束了，但是这些战争的主角们的故事并没有结束。希腊人攻破特洛伊城的残暴行为惹怒了天上的众神，在他们返航途中，众神在海上掀起了暴风雨，许多人被风暴卷入海中。埃阿斯因为对雅典娜女神的祭司不敬，被神用山石压在海底，粉身碎骨。而阿伽门农回国后被阴谋者刺杀，奥德修斯因为陷害希腊最聪明的帕拉墨得斯，而被复仇女神追杀，在海上漂泊了许多年才得以返回家乡。

名家品评

特洛伊战争以争夺世上最漂亮的女人海伦为中心，讲述的是以阿伽门农及阿喀琉斯为首的希腊联合远征军，进攻以帕里斯及赫克托耳为首的特洛伊军的攻城战的故事，让我们见证了战争的惨烈以及希腊英雄们的英勇。其中，成功地塑造了许多个性鲜明、栩栩如生的英雄人物形象，如阿喀琉斯、赫克托耳、埃阿斯、阿伽门农等，而希腊英雄阿喀琉斯的形象给我们留下了非常深刻的印象。

阅读思考

1. 特洛伊城是如何建造起来的？

2. 希腊人与特洛伊人之间的战争是怎样爆发的？

3. 阿喀琉斯在临死之前想起了母亲的预言，可见他提前知道了自己的命运，想一想，在这种情况下他为什么还要参加这场战争呢？

重点测试

一、填空题

1.《古希腊神话与传说》是18世纪德国著名文学家、诗人______的一部神话故事题材的作品。

2.《古希腊神话与传说》是由______和______两部分组成。

3.______是智慧女神、胜利女神，是智慧与力量的完美结合。

4.______是提坦之子，非常聪明，他仿照着神的模样创造了人类，赋予了人类灵魂，又在智慧女神雅典娜帮助下，让人类有了生命。

5.______有一双驴耳朵，他不想让世人知道这个秘密，因此就用一条巨大的穆斯林头巾把耳朵遮盖住。

二、选择题

1.（　）非常美丽，众神之父宙斯对她非常着迷，于是变成牡牛将她带走了。

A. 欧律狄刻　B. 欧罗巴　C. 海伦　D. 包喀斯

2.（　）因为狂妄自大，心性残暴，戏弄众神，最后被众神惩罚，在地狱中忍受三种酷刑。

A. 坦塔罗斯　B. 菲勒蒙　C. 尼俄柏　D. 俄狄浦斯

3. 阿喀琉斯是被阿波罗的箭刺中（　），最后英勇地死去。

A. 头部　B. 后背　C. 脚踝　D. 手腕

三、判断题

1. 普罗米修斯是宙斯的儿子。（　）

2. 法厄同是太阳神的儿子，他请求驾驶一天太阳飞车，最后葬身于厄里达诺河中。（　）

3. 珀耳修斯杀死了墨杜萨。（　）

4. 善良的菲勒蒙和包喀斯夫妇同样遭到了宙斯的惩罚，被处死了。（　）

5. 坦塔罗斯是众神之神宙斯的儿子。作为一个凡人，他很出名，而且和众神都是非常好的朋友。（　）

四、简答题

1. 读完《俄耳甫斯和欧律狄刻》，你从中得到了哪些启示？

2. 你觉得普罗米修斯是一个怎样的人物形象？

答案

一、填空题

1. 古斯塔夫·施瓦布　2. 神话　英雄传说　3. 雅典娜　4. 普罗米修斯

5. 弥达斯国王

二、选择题

1. B　2. A　3. C

三、判断题

1. ×，普罗米修斯是古老神族提坦族后裔，他和宙斯不是父子关系。

2. √。

3. √。

4. ×，宙斯并未惩罚他们，他们还得到了宙斯的尊重与保护，成为庙宇的祭司。

5. √。

四、简答题

1. 这个故事启示我们：要获得幸福不仅需要积极争取，真挚的情怀，同时也应学会忍耐，学会坚持。只有对美好的生活满怀希望，才能够收获美好的未来。

2. 从普罗米修斯身上，我们看到了伟大的牺牲精神，对正义和信念的坚定，这些高贵品质与博爱精神是人类学习的榜样，而人类最初的精神也是来源于此。这样可贵、坚定的精神力量一直影响、鞭策着人类不断迎难前进。